Johann Veith

„Funkstelle! KRIPO Penzing übernimmt!“

Die in diesem Buch enthaltenen Abbildungen von Zeitungsberichten dienen der Illustration der Texte des Autors. Sie wurden bestmöglich aufbereitet, sind und bleiben aber Material, das aufgrund des Alters keinen Anspruch auf perfekte Wiedergabe im Druck erheben kann. Der Abdruck erfolgt mit Genehmigung der genannten Medien.

Gedruckt mit freundlicher Unterstützung

WIEN KULTUR

www.verlagshaus-hernals.at
Coverdesign: Alexander Keller, alexander@keller.pub
Grafik & Satz: imerix, Wien
www.verlagshaus-hernals.at
ISBN 978-3-903442-37-5

Vorwort von Max Edelbacher

Wir, die Freunde unseres Oberst Johann Veith, von uns als der „unbezähmbare Hans – Hansi“ bezeichnet, haben die Geburt des ersten Buches bei einer würdigen Buchpräsentation mit Musikbegleitung und Gesang in Margareten erst vor relativ kurzer Zeit erlebt, und sind nunmehr mit der Tatsache konfrontiert, dass Johann Veith bereits wieder, diesmal neuerlich, schriftstellerisch, „zuschlägt“.

Unser Johann Veith ist offensichtlich nach wie vor der Charakter geblieben, der er ja früher war, so er einmal „Blut geleckt“ hat, lässt er die Beute nicht mehr los und verbeißt sich in sie. War er in seinen jungen Jahren voll von körperlichen Aktivitäten, die aus ihm heraussprudelten, wie etwa die „Krimmler Wasserfälle“, so beschäftigt ihn derzeit die Aufarbeitung und Aufbereitung des bisher Erlebten, indem er dies in Worte, Sätze, in Bücher, einzufangen sucht, was ihn im Tiefsten seines Herzens und seines Verstandes berührt hat, ihn offensichtlich noch immer zutiefst bewegt, und auch heute nicht loslässt.

Viele, wahrscheinlich die Mehrheit unserer Generationen, die bei der Polizei im Laufe der intensiven Jahre der dienstlichen Tätigkeit gealtert sind, genießen nunmehr die Pension und das gemütliche, eher ruhige Leben, das wir in unserem schönen Land Österreich, inmitten Europas, im Wohlstand genießen dürfen. Nicht so unser Hans Veith, den immer noch eine enorme Kraft und innere Unruhe zu weiteren Taten treibt, die wir überrascht zur Kenntnis nehmen.

Sicher ist, dass wir Polizisten während unserer aktiven Tätigkeit so viel erlebt haben, dass jeder von uns etliche Anekdoten und Geschichten aus dieser Vielfalt des Erlebten erzählen könnte. Es bedarf aber schon wesentlich mehr an Energie, sich hinzusetzen und dieses Wissen auch in wohlgeformten Sätzen festzuhalten.

Jeder von uns war durch diese persönlich gemachten Erfahrungen aufgewühlt, oft erschöpft und ausgelaugt, da man vor allem die negativen Ereignisse nicht so einfach verarbeiten konnte. Die Kraft fürs Weitermachen schöpften wir aus der Kameradschaft und Freundschaft innerhalb unserer Teams, dem hin und wieder erhaltenen Dank und aus der Anerkennung für unsere Leistungen sowie dem Glück, sich gesund und mit Humor an die lustigen, bzw. einmaligen Ereignisse erinnern zu können.

In der Regel haben wir oft intensive Erlebnisse kurz danach vergessen, verdrängt, weil schon wieder Neues uns in Beschlag genommen hat. Diese Schnelllebigkeit unseres Berufes und des Ablaufes der Tätigkeit hat es oft nicht ermöglicht, solche besonderen Momente festzuhalten.

Daher ist es umso bemerkenswerter, wenn es Menschen wie unseren Hans Veith gibt, die genügend Sensibilität, Erinnerungsvermögen und Muse finden, solch Erlebtes für die Mitmenschen und vor allem die Nicht-Polizisten festzuhalten. Solche Erzählungen machen die Polizei menschlich und zeigen die bunte Vielfalt sowie das Profil der involvierten Polizisten. Die Besonderheit dieses Berufes ist es ja, dass man als Polizist die einmalige Gelegenheit hat, beide Seiten des „Lebens“ kennenzulernen.

Man ist mit dem „Guten“ und man ist mit dem „Bösen“ konfrontiert, soll in oft kritischen Situationen effiziente Lösungen finden und anwenden, sodass die betroffenen Opfer wieder in Ruhe und Ordnung ihrem gewohnten Alltag folgen können.

Diese Vielfalt schriftlich einzufangen, die Essenz daraus zu bewahren und den Interessierten aufzubereiten, das sollte die Kunst des Schreibers darstellen. Gelingt es, das mit einer Prise Humor und menschlichem Abstand zu präsentieren, dann kann man das Werk als gelungen betrachten, es der Umwelt zur Kenntnis und Anschauung bringen.

Diese Darstellungen der wahren Ziele sind unserem Hans Veith mit seinem ersten Buch gelungen und wir, die neugierige Leserschaft, sind gespannt, was in diesem seinem zweiten Buch zu lesen sein wird und wie er unsere Wissbegierde weiterhin weckt.

Lieber Hans, als dein Freund, als ein Zeitzeuge, bin ich fest überzeugt, dass wir uns wieder mit viel Freude und Einsicht in die Erzählungen über die Arbeit der Polizei vertiefen dürfen. Viele Kollegen und Kolleginnen, die dich in deiner Schaffenskraft erlebt haben, werden die Erinnerungen die du niederschreibst mit ihrem Wissen und ihrer Erinnerung vergleichen. Die subjektive Wahrnehmung ist ja oft sehr unterschiedlich von dem, was man objektiv meint in Erinnerung behalten zu haben. Der Vergleich und der Abgleich stellen dann immer die Grundlage für lange Gespräche und nachhaltige Kommunikation dar.

Meist ergibt sich das bei einem gemütlichen Zusammentreffen von Kollegenschaft. Wir selbst sind so eine kleine Gruppe ehemaliger Polizisten, die monatlich im Gasthaus Edelmann in Wien Währing zu einem Mittagessen zusammentrifft. Unsere ältesten Teilnehmer sind über neunzig Jahre alt, Hofrat Dr. Franz Prießnitz und Chefinspektor Franz Werth (*Anmerkung des Autors: Franz Werth ist leider nach Verfassung dieses Vorworts verstorben). Beide erinnern sich an dich lieber Oberst Hans Veith sehr gut, weil sie dich von deinen ersten Jahren im Sicherheitsbüro bis zu deinem Aufstieg als Leitender Kriminalbeamter erlebt haben.

Du bist immer schon aus der Menge der Kollegenschaft herausgestochen, da deine Individualität dich zu oft extremen und unorthodoxen Taten anstiftete. Auch das Sicherheitsbüro hat von deiner Tatkraft oft profitiert und viele schöne und erfolgreiche Amtshandlungen dadurch zu verzeichnen gehabt.

Wir sind gespannt und freuen uns auf das neue Buch, welches durch deine persönliche Präsentation uns sicher wieder in den Bann ziehen wird. Ich wünsche dir gutes Gelingen und die entsprechende Lockerheit, die Vielfalt deines Erlebten einzufangen und wiederzugeben. In diesem Sinne freuen wir uns auf deine neuen Ausführungen, um sie mit großem Interesse zu lesen und zu hören. Ich nehme an, dass auch dieses zweite Buch noch nicht das letzte deiner Bücher sein wird, denn wie bereits gesagt, wenn du einmal Anlauf und Schwung geholt hast, dann ist noch einiges an Energie und Folgeauswirkung zu erwarten.

In diesem Sinne blicken wir in die Zukunft.

Dein Freund Max!

Hofrat i.R. Prof. Mag. Maximilian Edelbacher war Vorstand des Wiener Sicherheitsbüros (ehemalige Wiener Zentralstelle für Kapitalverbrecher) und ist Autor mehrerer Fachbücher.

Vorwort des Autors

„FUNKSTELLE! KRIPO PENZING ÜBERNIMMT!“

Dies war oft mein Funkspruch an die Funkleitstelle der Wiener Polizei, wenn ich wieder mal in *meinem* Bezirk Wien-Penzing mit dem Funkgerät unterwegs auf der „Jagd“ nach Kriminellen war und über Funk einen Einsatz „mithörte“! „KRIPO PENZING“ war mein selbst gewählter Funkrufname, solange ich Leiter der Kriminalabteilung Penzing war! Wie ich schon in meinem ersten Buch „Die Fragen stellen wir!“ (welches im April 2019 im Verlagshaus Hernals erschienen ist) erwähnte, beschloss ich schon im „zarten“ Alter von 5 Jahren, Polizist zu werden!

Diesen „meinen Traum“ setzte ich auch entschlossen um und schaffte eine – damals noch nicht voraussehbare – Karriere! Vom „Polizeischüler“, über den uniformierten Sicherheitswachebeamten, den Kriminalbeamten bis zum Leitenden Kriminalbeamten (Offizier).

Von der Polizeischule in der Marokkaner-Kaserne (1967 –1969), dem Dienst als „Provisorischer Polizeiwachmann“ im Wachzimmer Goethegasse im 1. Wiener Gemeindebezirk, der Ausbildung zum Kriminalbeamten, dem Kriminaldienst im Kommissariat Wien-Döbling über den Kriminaldienst im Wiener Sicherheitsbüro (der damaligen Zentralstelle zur Bekämpfung von Kapitalverbrechen), der umfangreichen Offiziersausbildung und meiner anschließenden leitenden Tätigkeit am Bezirkspolizeikommissariat Penzing – bis zur Mitbegründung und stellvertretenden Leitung der „Einsatzgruppe zur Bekämpfung des Terrorismus – EBT“ im Bundesministerium für Inneres (erster Vorläufer des bundesweiten Staatsschutzes).

Quasi als Krönung – niemals hätte ich als Fünfjähriger davon auch nur im Entferntesten zu träumen gewagt – absolvierte ich auch (schon in meinem Ruhestand) noch ein Studium an der Donau-Universität in Krems – in Bestzeit und mit Auszeichnung mit dem „Master“-Abschluss!

Wie ich auch schon in meinem ersten Buch anmerkte, sah ich den Polizeiberuf daher nicht lediglich als Beruf, sondern stets als „Berufung“ an und legte deshalb dementsprechende Begeisterung, Eifer, Fleiß, „Jagdinstinkt“, ausgeprägten Gerechtigkeitssinn und hervorragende Rechtskenntnisse in meiner Tätigkeit an den Tag. Auch hatte ich so etwas wie einen sogenannten „sechsten Sinn“ (man könnte es auch vielleicht als ein ausgezeichnetes „G'spür“ bezeichnen) der mich meine gesamte Dienstzeit hindurch begleitete und mir zur richtigen Zeit das Richtige tun ließ!

Nicht zu vergessen sind auch meine schon in den Polizeidienst mitgebrachten umfassenden Kenntnisse in den Kampfsportarten Ringen, Boxen, Judo, Jiu Jitsu und Karate, wobei ich bei letzterer Kampfsportart „hängen geblieben“ war und nicht nur ein eigenes „Dojo“ (einen Karateverein) gründete, in welchem ich meine Kenntnisse und mein Wissen weitergab, sondern auch durch internationale Prüfungen den 1. Dan und dann als einer der ersten Karatesportler in Österreich den 2. Dan (Meistergrade – schwarzer Gürtel) erworben hatte. Zweimal wurde ich auch österreichischer Meister in Karate (damals noch ohne Gewichtsklassen!) und organisierte die 1. Karate-Europameisterschaft in der Wiener Stadthalle.

Meine Kampfsportkenntnisse waren mir daher in meiner ganzen Dienstzeit oft sehr hilfreich und ich konnte damit viele oft auch größer gewachsene „Kunden“ im Bedarfsfall zur Raison bringen und dem Gesetz zum Durchbruch verhelfen. Wie auch schon erwähnt, waren mir die dabei geleisteten Stunden (oft auch ohne Überstundenbezahlung) egal – der Erfolg und der Dienst am Bürger, den es zu schützen galt, waren stets mein Ziel – wenn natürlich dadurch auch mein Privatleben darunter oft litt und ich deshalb mein privates Glück erst in meinem Ruhestand fand.

Die spektakulärsten Erlebnisse habe ich bereits in meinem ersten Buch „Die Fragen stellen wir!“ (Verlagshaus Hernals) beschrieben! Beim Durchblättern noch vorhandener Unterlagen und in Gesprächen mit Penzinger Bürgern und Ex-Kollegen fand ich jedoch noch weitere Geschichten über durchaus berichtenswerte Erlebnisse aus meiner Polizeizeit, die ich den interessierten Lesern nicht vorenthalten möchte – deshalb schrieb ich nun dieses zweite Buch!

Ich hoffe, dass die hochgeschätzten Leserinnen und Leser auch damit ein tolles Lesevergnügen haben werden und wünsche Ihnen hiermit spannende, humorvolle und vergnügliche Unterhaltung!

Die „Väter“ der Frauen-Selbstverteidigungskurse in Wien

Nebenbei hatte ich schon als junger Kriminalbeamter im Sicherheitsbüro gemeinsam mit einem Jugendfreund und Polizei-Kollegen, der den 1. Dan (Meistergrad) in JUDO besaß, Selbstverteidigungskurse für Frauen und Mädchen begründet und wirksame, leicht und ohne Kraftanstrengung auszuführende Selbstverteidigungstechniken für verschiedene Alltagssituationen ausgearbeitet und vermittelt. Begonnen hatten wir mit diesen Kursen im Sportsaal der Roßauer Kaserne, im Rahmen der Polizeisportvereinigung Wien – später dann in den Volkshochschulen Wiens.

Mein Jugendfreund und Kollege wurde dann aus beruflichen Gründen durch einen anderen Kollegen, der ebenfalls Kampfsport betrieb ersetzt. Schätzungsweise etwa 3000 bis 4000 Frauen und Mädchen wurden innerhalb von mehr als 45 Jahren von uns in wirksamen Selbstverteidigungstechniken unterwiesen. Auf der nächsten Seite Bilder aus dieser Zeit.

Meine Leitsätze waren während meiner gesamten Dienstzeit immer:
Dienst und Hilfe für die Bürger (vor allem für die Schwachen),
vorbehaltsloser Kampf dem Verbrechen,
Menschlichkeit, Furchtlosigkeit und
Kameradschaft zu den Kollegen – vor allem auch als Vorgesetzter

(Quelle: eigene Sammlung Johann Veith

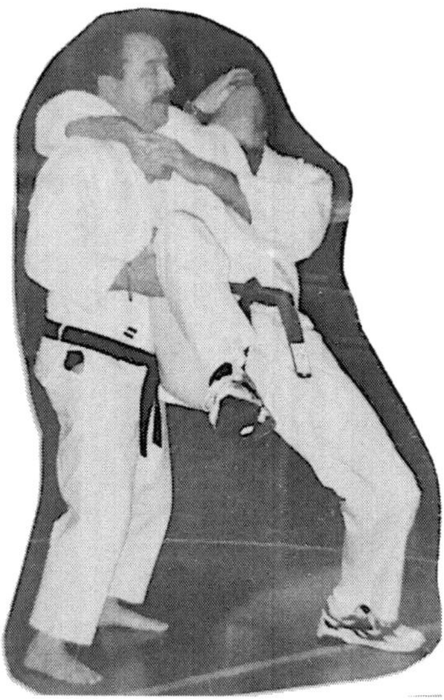

(Quelle: eigene Sammlung Johann Veith, links im Bild Veith)

Kurzer Auszug aus der Geschichte des Kriminaldienstes in Österreich bis 2005

Entwicklung des Kriminaldienstes in Österreich:

Im Spätmittelalter beschäftigten die Stadtrichter (Bürgermeister) Männer, um Verdächtige auszuforschen und festzunehmen.

Der Wiener Stadtrichter hatte im 14. Jahrhundert „Diener“, „Schergen“ und „Gesind“ als Helfer. Diese Leute waren weder irgendwie ausgebildet, noch in irgendeiner Form „Beamte“ und kamen aus verschiedenen Bevölkerungsschichten.

Das Sicherheitswesen war damals kaum organisiert, Polizeiordnungen regelten verschiedene Bereiche. In der Wiener Polizeiordnung vom 24. August 1542 wurde unter anderem verfügt, dass die Anwesenheit gefährlicher Fremder anzuzeigen und das „Überhalten“ durch Wirte und Handwerker zu verhindern ist.

Die ersten Ansätze einer „geheimen Polizei“ gab es im 16. Jahrhundert: Der Wiener Stadtrat verfügte, dass Kriminelle durch besondere Aufseher und Kundschafter angezeigt werden. Auch diese waren nicht besonders geschult und ohne besondere Dienstvorschriften tätig.

Im Jahr 1531 wurde eine „Wiener Tag- und Nachtwache“ (Nachtwächter) aufgestellt, die – 1543 vorübergehend getrennt – 1569 zu einer „Stadtguardia“ zusammengelegt wurde. Diese bestand aus 70 frei angeworbenen „Landsknechten“, unter Befehl eines Hauptmanns.

Vorerst wurde diese Einheit von der Stadt Wien besoldet, ab 1582 jedoch vom kaiserlichen Ärar und galt nunmehr als Fähnlein. 1646 wurde daneben wieder ein städtischer Wachkörper, die „Rumorwache“, geschaffen.

Die Stadtguardia wurde am 1. August 1580 dem Stadthauptmann unterstellt und fortan auch für den Sicherheitsdienst in den Vorstädten herangezogen. Der Personalstand wurde von (inzwischen) 150 auf 300 Mann erhöht.

Die seit 1646 bestehende „Rumorwache“ war auch als „Geheimpolizei“ tätig. Nach einem Protokoll aus dem Jahr 1713 verwendete die Rumorwache bei ihrer Tätigkeit auch „Verkleidung und Verstellung“.

Das Polizeiwesen wurde 1751 von Maria Theresia reformiert. Es wurden landesfürstliche „Viertelkommissäre“ und „Gassenkommissäre“ mit „Unterkommissären“ aufgestellt. Die Unterkommissäre wurden 1756 wegen zahlreicher Beschwerden aufgelöst. Die Reformtätigkeit Maria Theresias auf dem Gebiet des Polizeiwesens wurde von deren Sohn Josef II. fortgesetzt.

Der niederösterreichische Regierungspräsident Johann Anton Graf von Pergen wandte sich gegen den Plan des Kaisers, in Wien das Kreisamt und das Polizeiamt zusammenzulegen und erreichte, dass unabhängig vom Stadthauptmann ein Polizeidirektor eingerichtet wurde, der nur dem Landeschef unterstand. Erster Polizeidirektor wurde Regierungsrat Franz Beer.

Aus dem „Polizeiamt“ entstand die „Polizei-Oberdirektion". In Prag, Brünn, Troppau, Linz und Innsbruck wurden Polizeidirektionen errichtet. Der Schwerpunkt der polizeilichen Tätigkeit wurde von Graf Pergen auf die Geheimpolizei bzw. Geheimdienst gesetzt.

In einem „Entwurf zur Verbesserung der allgemeinen Polizei und Sicherheit" vom 30. November 1782 schlug Polizeidirektor Beer vor, „neun Versorgungsdiener durch verlässliche und vertraute Individuen ohne Montur" zu ersetzen, die nicht „allein die Bettler, sondern hauptsächlich das Diebs- und anderes schädliches Gesinde" auszuforschen hatten.

1791 wurde durch Kaiser Leopold II. verfügt, dass die Geheimberichte der Polizei-Oberdirektion direkt an die Haus-, Hof- und Staatskanzlei zu richten seien, wodurch Graf von Pergen seinen Einfluss auf den Geheimdienst verlor und von seinem Posten zurücktrat. Am 1. November 1791 wurde „Die Einführung der neuen Polizeiverfassung in Wien" erlassen. Kurze Zeit danach wurden für die Landeshauptstädte Polizeiordnungen erlassen.

In Wien gab es eine Polizei-Oberdirektion, der zwölf Polizeidirektionen unterstellt waren – vier in der Inneren Stadt und acht in den Vorstädten.

Auf Antrag des niederösterreichischen Regierungspräsidenten wurde Ende 1791 eine Zivilpolizeiwache eingerichtet!

Kaiser Franz II. erteilte am 31.12.1792 Graf Pergen den Auftrag, die Polizei wieder so einzurichten, wie sie unter Josef II. war. Drei Tage darauf wurde die Polizei-Hofstelle errichtet und Pergen bemühte sich um die Wiederherstellung des Geheimdienstes.

Nach der Revolution in Frankreich wurde in Österreich die von Josef II. eingerichtete Staatssicherheitspolizei ausgebaut – dazu kamen Konfidenten („Vertraute“), im Volksmund „Naderer“ genannt. Die Konfidenten kamen aus allen gesellschaftlichen Schichten. Seinen Höhepunkt erreichte das Konfidentenwesen während des Wiener Kongresses – also zur Zeit des Staatskanzlers Fürst Metternich!

Der kriminalpolizeiliche Ausforschungsdienst war Aufgabe der Zivilpolizeiwache und der Polizeidiener. Die Polizeidiener hatten noch viele andere Aufgaben, wie die Eintragung der Steckbriefe, Meldezettel und Beschreibungen, das Nachschlagen nach Adressen, die Aufrechterhaltung der Ordnung im Versatzamt und bei der Staatsschuldenkasse, Bettlerpatrouillen und Fiakerrevisionen sowie die Straßen-, Markt- und Börseaufsicht.

Während der Revolution 1848 hatten die damaligen „Polizeidiener“ mehr zu leiden als die Militär- und die Zivilpolizeiwache. Das Volk betrachtete die Polizeidiener als Organe des verhassten Geheimdienstes. Das dürfte auch der Hauptgrund gewesen sein, dass man die Institution der Polizeidiener wieder auflöste. In der Zeit Metternichs gab es nach der Revolution von 1848 grundlegende Reformen der Polizei, die Metternich für sein Ordnungssystem zur Machterhaltung gut brauchen konnte! 1849 wurde die Gendarmerie gegründet, deren erster Generalinspekteur der verdiente Feldmarschallleutnant Johann Kempen Freiherr von Fichtenstamm war, der später Militärkommandeur von Wien und ab Frühjahr 1852 Chef der gesamten österreichischen Polizei wurde.

Schon im Jahre 1850 wurden Grundsätze der Organisation der Polizeibehörden erlassen, die vorsahen, dass jeder Stadthauptmannschaft eine „Zivilwache“ (Vorläufer der heutigen Kriminalpolizei) beigeben wird.

Die „Zivilwache“

20. April 1852: Aufstellung einer „Zivilwache“ durch Erlass des Ministeriums des Inneren. Der zivile Wachmann hatte laut einer entsprechenden Instruktion den „k&k Adler“ und eine Legitimationskarte mitzuführen. Je nach den dienstlichen Umständen hatte er entweder den Adler an seiner Brustseite aufzustecken oder sich mit der Legitimationskarte auszuweisen.

Das „Institut der k&k Polizeiagenten“

1871: wurde durch das Ministerium des Inneren ein „Organisationsstatut“ erlassen, auf dessen Grundlage 1872: das „Institut der k&k Polizeiagenten in Wien“ die Arbeit aufnahm.

Die Polizeiagenten erhielten eine Legitimationskarte und eine Kokarde mit dem Reichsadler.
1891: wurde ein neues „Organisationsstatut“ erlassen, welches auch die Bewaffnung und den Waffengebrauch regelte.

Es gab zu diesem Zeitpunkt 26 Inspektoren und 384 Agenten. Dienstwaffen waren Revolver und „bedarfsorientiert“ Schlagringe.

Der „nichtuniformierte Zivilwachkörper“

1914 wurde das „Organisationsstatut der Polizeiagenten“ erneuert und galt „... für alle dermaligen bestehenden und künftig zu Anstellung gelangenden Polizeiagentenkorps ...“.

Gemäß § 1 dieses Statuts war „... das Institut der Polizeiagenten ein nicht uniformierter Zivilwachkörper, der die Behörden in der Aufrechterhaltung der öffentlichen Ruhe, Ordnung und Sicherheit, ferner in der Handhabung der bestehenden Gesetze und Verordnungen durch Versehung des Exekutivdienstes und sonstiger in diesem Statute festgesetzten Hilfsdienste zu unterstützen hat ...“

Die wichtigsten Pflichten waren „unbedingte Amtsverschwiegenheit, strenge Unparteilichkeit sowie Wahrheit- und Gerechtigkeitsliebe“.

Der Informations-, Erhebungs-, Überwachungs- und Ausforschungsdienst war nicht an bestimmte Zeiten gebunden – die Polizeiagenten mussten auch während der dienstfreien Zeit stets erreichbar sein!

Das „Kriminalbeamtenkorps“

30.10.1919: Nach dem Ersten Weltkrieg wurde das Polizeiagentenkorps durch das Polizeidienstgesetz neu geordnet! Die Agenten waren nicht mehr „Diener“ oder „Unterbeamte“, sondern „Staatsbeamte“ mit bestimmten Rangklassen.

26.11.1919: Die Bezeichnung „Polizeiagent“ wurde in „Kriminalbeamter“ geändert.

Das Polizeiagentenkorps erhielt die Bezeichnung „Kriminalbeamtenkorps“. Aus der damaligen Zeit stammt auch der Ausspruch: „Der Kriminalbeamte ist immer im Dienst!“

Danach gab es noch einige Reformen, zum Beispiel wurde für die Leitenden Kriminalbeamten (später „Offiziere“) eine eigene Dienstordnung geschaffen und sie unterstanden direkt dem jeweiligen Amtsvorstand.

Für die Ausbildung zum leitenden Kriminalbeamten gab es ab 1936 den einjährigen „Höheren Fachkurs für den Kriminaldienst“. Bewerber mussten neben der vollen körperlichen Eignung eine „mittlere Lehranstalt“ erfolgreich absolviert haben, mindestens vier Dienstjahre als eingeteilter Kriminalbeamter und mindestens zwei Dienstjahre als Charge im Kriminaldienst aufweisen und die Aufnahmeprüfung mit mindestens gutem Erfolg abgelegt haben. Darüber hinaus war eine über den Durchschnitt hinausgehende Verwendbarkeit auf kriminal- oder staatspolizeilichem Gebiet, erprobte Verlässlichkeit und eine sehr gute Gesamtbeurteilung notwendig.

3.2.1950: Weibliche Kriminalbeamte wurden als solche eingestellt und gleich wie die Männer ausgebildet – jedoch waren sie nicht bewaffnet. Zuvor waren „Polizei-Fürsorgerinnen“ bei der Polizei tätig gewesen, die hauptsächlich für Befragungen weiblicher Zeugen und Verdächtiger zuständig waren. Die Aufgaben der Kriminalbeamtinnen waren beschränkt auf Amtshandlungen gegen Mädchen unter 18 Jahren und Kinder, auf die Einleitung von Fürsorgemaßnahmen und in Ausnahmefällen auf Amtshandlungen gegen Erwachsene.

2005: Die Bezeichnung „Kriminalbeamtenkorps“ bestand bis zur Zusammenlegung der einzelnen Exekutivwachkörper „Bundessicherheitswachekorps“, „Bundesgendarmerie“ und „Kriminalbeamtenkorps“ zu einem einheitlichen „Wachkörper Bundespolizei“ über Auftrag des damaligen Innenministers Ernst Strasser im Zuge der Polizeireformen im Jahr 2005.

Dies war (zumindest vorläufig) das Ende eines eigenen Kriminalbeamtenkorps!

(Quellen: Archiv der Bundespolizeidirektion Wien; Bundesministerium für Inneres: 100 Jahre Kriminalbeamtenkorps in Österreich, 1952; und andere Informationen)

Die „halsbrecherische“ Flucht des ertappten Taschendiebs

Eine alte Geschichte fällt mir gerade ein, die noch in meine Zeit als Kriminalbeamter im legendären Wiener Sicherheitsbüro zurückreicht, wo ich in einer Dienstgruppe für die Bereiche „Fahndung, Taschen- und Ladendiebstähle“ Dienst versah!

Ein Kollege und ich waren damals an einem sonnigen Herbsttag dazu kommandiert, im Bereich der Wiener Ringstraße auf Taschendiebe in den Straßenbahnzügen und bei den Haltestellen zu achten. Etliche Taschendiebstähle durch organisierte Täter waren damals bereits angezeigt worden und wir sollten diesem Tun Einhalt gebieten. Die Beamten unserer Gruppe waren schon besonders darin ausgebildet worden, Taschendiebe aufgrund ihres besonderen Verhaltens zu erkennen, unauffällig zu beobachten, sie auf frischer Tat zu betreten und festzunehmen.

Dies erfordert schon auch besonderes Geschick: Man musste erst einmal die potenziellen Täter erkennen, dann so unauffällig beobachten, dass man von diesen nicht als Polizisten erkannt wird, im richtigen Augenblick – nämlich dann, wenn die Tat tatsächlich ausgeführt wird – zuschnappen und den oder die Täter (damals meist Leute aus dem südöstlichen Ausland, die sich oft auch gegen Festnahmen heftig zu wehren versuchten) erfolgreich festnehmen und zur Dienststelle zu bringen.

Der „modus operandi“ – (die Arbeitsmethoden) der Täter war fast immer gleich: Sie beobachtenden starren Blicks (in der Fachsprache sagten wir dazu „sie stechen“) Personen, bei denen scheinbar leichte Beute zu holen war. Entweder weil sie Taschen oder sonstige Behältnisse so am Körper trugen, dass man leicht hineingreifen und Geldbörsen etc. unbemerkt herausziehen konnte oder weil sie Brieftaschen etc. derart „leichtsinnig“ in hinteren Hosentaschen oder im Inneren eines Sakkos trugen, dass die Diebe leichtes Spiel hatten, an diese zu gelangen. Dann nutzen sie – beim Einsteigen in die Straßenbahn oder im Inneren des Waggons – ein natürliches „Gedränge“ oder führten dieses auch künstlich herbei, um engen Körperkontakt zum potenziellen Opfer herzustellen, und zogen diesem dabei geschickt die Geldbörse oder Brieftasche aus dem Gewand oder der Tasche. Unmittelbar darauf übergaben sie die Beute einem weiteren Mittäter, der sich damit aus dem Staub machte – manchmal arbeiteten sie auch zu dritt!

Dass die Wahrnehmung all dieser Tatbestandsmerkmale und daher die Festnahme derartiger Täter nicht immer ein Kinderspiel war, ist daher wohl klar. Dennoch erwischten wir aufgrund unserer spezialisierten Ausbildung im Laufe unserer Dienstversehung doch eine erkleckliche Anzahl von Taschendieben auf frischer Tat und konnten sie der gerechten Strafe zuführen. In den meisten Fällen konnte dann aufgrund von Einvernahmen und sichergestellten Gegenständen noch eine größere Anzahl von Taschendiebstählen aufgeklärt werden!

<u>Und nun zur Geschichte:</u>

So mischten mein Kollege Wolfgang und ich uns an diesem Tag mal unter die bei den Haltestellen der Ringlinien wartenden Fahrgäste, mal unter jene in den Straßenbahngarnituren.

Tatsächlich konnten wir nach einiger Zeit zwei Verdächtige erblicken, die ein typisches Verhalten als Taschendiebe zeigten und observierten diese. Kurz darauf nahmen wir wahr, wie sich einer der Männer an eine Frau herandrängte, die gerade in eine eingefahrene Straßenbahn einsteigen wollte und in deren Umhängetasche griff.

Wie es schon so ist: Wo gearbeitet wird, können auch Fehler passieren – nur wer nicht arbeitet, macht keine Fehler! Jedenfalls bemerkte der zweite Verdächtige, dass ihn mein Kollege beobachtete, und rief dem unmittelbaren Täter, der gerade den Taschendiebstahl ausführen wollte, etwas in einer ausländischen Sprache zu, worauf dieser sofort von der Tat abließ und die Flucht ergriff. Während mein Kollege den zweiten Mann anhielt und festnahm, verfolgte ich den zweiten Täter – einen ca. 20-jährigen jungen Mann.

Der Mann rannte recht flott am Burgring entlang, bog in den Maria-Theresien-Platz (ein großer Park zwischen zwei Straßen) ein, durchquerte diesen und lief die sogenannte „2er-Linie“ Richtung Volkstheater.

Unglaublich, welche Schnelligkeit der Bursche an den Tag legte. Ich war zu diesem Zeitpunkt wohl noch voll sportlicher Aktivität – aber einzuholen war er nicht. Die Angst, erwischt zu werden, mag ihn damals wohl extra beflügelt haben.

An der Ecke zur Bellariastraße befindet sich eine U-Bahn-Station. Dort lief er die Stiege zur U-Bahn hinunter und auf den dort zunächst gelegenen Bahnsteig, an dem gerade ein U-Bahn-Zug einfuhr. Ich befand mich einige Meter hinter ihm und dachte, dass ich ihn „jetzt haben“ werde, da er ja nicht mehr weiter konnte - was sich jedoch kurzfristig als Irrtum herausstellen sollte.

Denn – es war kaum zu glauben – der Flüchtige sprang waghalsig über die Anhängerkupplung zwischen zwei Waggons des in die Station eingefahrenen Zuges, überquerte die Gleise der Gegenrichtung und sprang auf den gegenüberliegenden Bahnsteig, von wo er weiter die Flucht über die Stiegen ins Freie auf die andere Straßenseite fortsetzte.

Nachdem ich nicht lebensmüde war, folgte ich dem Mann natürlich nicht auf diese Weise, sondern begab mich in das zunächst liegende Wachzimmer Schmerlingplatz, von wo aus ich die Fahndung nach dem Flüchtigen einleitete.

Zur Erinnerung: Wir hatten damals weder ein Handfunkgerät noch ein Handy oder sonstige Kommunikationsmittel bei uns, mit welchen wir allenfalls Unterstützung anfordern oder eine Fahndung veranlassen hätten können! Die einzige Möglichkeit war über das Telefon im Wachzimmer!

Nun: Manchmal hat man auch ein wenig Glück! Im Zuge der Fahndung konnte der Verdächtige aufgrund meiner durchgegebenen guten Personsbeschreibung von einer Funkwagenbesatzung in der Josefstädter Straße erkannt, angehalten und festgenommen werden!

Der vom Kollegen festgenommene Verdächtige war inzwischen schon ins Wiener Sicherheitsbüro überstellt worden, wohin kurz nach seiner Festnahme auch der zweite Täter kam.

Im Zuge der Vernehmungen konnten den beiden Männern zumindest 35 begangene Taschendiebstähle nachgewiesen werden, wobei teilweise Diebesgut und Gegenstände aus diesen Straftaten (Geldbörsen, Brieftaschen, Ausweise, persönliche Gegenstände von Opfern) in deren Unterkunft noch sichergestellt werden konnten.

Die beiden Täter wurden nach den erfolgten Einvernahmen und Sicherstellungen dem Landesgericht für Strafsachen Wien zur weiteren Bearbeitung“ überstellt.

Trotzdem waren es nur zwei – andere Tätergruppen waren in der Folge wieder tätig geworden und noch öfter erwischten wir solche auf frischer Tat!

Und noch eine zweite Geschichte fällt mir aus meiner Zeit als Kriminalbeamter im Sicherheitsbüro gerade auch noch ein:

Der ausgeforschte und festgenommene lichtscheuende Häftling, der es partout „wissen wollte“

Wie ich schon berichtete, war ich auch einige Jahre als junger Kriminalbeamter im Wiener Sicherheitsbüro tätig. Ich war einer der beiden damals dort bestehenden Fahndungsgruppen zugeteilt, die auch für Taschen- und Ladendiebstahl zuständig war (eine Episode daraus habe ich zuvor erzählt).

Zu den Aufgaben der Fahndungsgruppen zählte u. a. die Ausforschung und Festnahme von Straftätern – auch die von geflüchteten, ausgebrochenen oder vom Freigang nicht wieder in die Justizanstalt zurückgekehrten Häftlingen.

Eines Nachts während einer Kripostreife, die vom Sicherheitsbüro ausging, hatten wir einen „Zund“ auf einen aus der Haft geflüchteten Häftling erhalten, der sich in einer Wohnung im 21. Wiener Gemeindebezirk unangemeldet bei einer Freundin aufhalten sollte. Es handelte sich um einen verurteilten Räuber, der noch 2 ½ Jahre „ausständig“ hatte!

Ein Kollege und ich fuhren also mit dem Dienstwagen – einem grauen VW-Käfer – zur angegebenen Anschrift. Dort angekommen, begaben wir uns zu der im Hinweis angeführten Wohnung, im 2. Stock eines alten Mietshauses.

Wir pirschten uns leise zur Wohnungstüre und lauschten

an der Wohnungstüre, ob sich jemand in der Wohnung befinden würde. Tatsächlich hörten wir nach kurzer Zeit eine Frau und einen Mann miteinander sprechen. Gleich danach klopften wir an der Wohnungstüre, die ebenfalls nach kurzer Zeit von einer Frau geöffnet wurde. Die Wohnung war komplett unbeleuchtet! Wir hatten Taschenlampen in den Händen, wiesen uns als Kriminalbeamte aus und fragten nach dem Gesuchten, als wir auch schon im Schein der Taschenlampen durch eine Türe, die offensichtlich ins Schlafzimmer führte, ein Bett entdeckten, in dem ein Mann mit nacktem Oberkörper lag. Als wir die Frau nach dem Namen des Gesuchten fragten, gab sie unumwunden an, dass es sich hierbei um den im Bett liegenden handle.

Wir begaben uns nun zu dem im Bett liegenden Mann, sprachen ihn an und stellten fest, dass es sich tatsächlich um den geflüchteten Straftäter handelte – zumal auch eindeutige Tätowierungen mit denen des Gesuchten übereinstimmten.

Ich teilte dem Mann mit, dass er nun wegen eines offenen Haftbefehls festgenommen sei und sich anziehen sollte, da wir ihn mitnehmen würden. Der Betroffene reagierte äußerst unwirsch und gab seinem Ärger darüber, dass ich ihn – infolge der fehlenden Beleuchtung (wie sich im Gespräch herausstellte, war durch die Wohnungsmieterin die Stromrechnung über mehrere Monate nicht bezahlt und deshalb vom E-Werk der Strom abgeschaltet worden) – mit der Taschenlampe aus Eigensicherungsgründen anleuchtete, da er ja eine Waffe parat haben hätte können, mit einigen ordinären Beschimpfungen Ausdruck.

Bemerken möchte ich, dass er zu diesem Zeitpunkt nur mit einer Unterhose bekleidet war, seine Hose und sein Hemd lagen auf einem neben dem Bett stehenden Sessel – seine Socken aber, ja, die standen förmlich neben dem Bett am Fußboden!

Ja, liebe Leser, Sie haben richtig gelesen: STANDEN! Denn sie strotzen nur so vor Schmutz, dass sie so steif waren, dass sie vom Boden die Höhe ragten! Als ich ihn also mit der Taschenlampe anleuchtete, sagte er zu mir: „Wos is? Bist a „Wormer"? Wüllst mein Schwanz seh'n, weilst mi so anleuchtest?"

Als ich ihn aufforderte, sich zu mäßigen, schimpfte er mit ähnlichen Worten weiter, nahm einen Socken nach dem anderen vom Boden auf, schüttelte ihn in Richtung meines Gesichts aus und zog einen nach dem anderen genüsslich und langsam an.

Der Kollege, der ja um meine Kampfsportkenntnisse wusste, sah mich erwartungsvoll an – was ich wohl jetzt tun würde. NICHTS tat ich! Als Kiberer muss man schon einiges ertragen und aushalten können und die Nerven bewahren, wenn auch der Dreck der Socken, der in Richtung meines Gesichts flog, nicht unbedingt hygienisch und angenehm war.

Wir gingen also zum Dienstwagen und fuhren mit dem Verhafteten Richtung Sicherheitsbüro. Als wir vor dem Sicherheitsbüro in der Berggasse ankamen, stiegen mein Kollege, der gefahren war und ich, der hinten neben dem Häftling gesessen hatte, aus dem Dienstwagen aus. Wie erwähnt: Es war ein VW-Käfer, zweitürig – zum Aussteigen von den Fondsitzen musste man eine der Vordertüren öffnen und den betreffenden Vordersitz nach vorne kippen. Ich stieg also aus, ließ den Häftling ebenfalls aussteigen und nahm ihn mit einer Hand am Arm, um ihn zur Dienststelle zu führen.

Nun machte er seinen letzten – entscheidenden – Fehler: Er riss sich von meiner ihn haltenden Hand los und wollte sogleich flüchten – in der Annahme, dass ich ohnehin nicht reagieren würde, da ich ja zuvor, beim Sockenausschütteln, auch nichts gegen ihn unternommen hatte!

Er kam nicht einmal einen Meter weit! Ich holte ihn sofort ein, wendete die Armwinkelsperre an und führte ihn zur Eingangstüre, danach ins Journalzimmer des SB, wo er vom diensthabenden Krb. empfangen und vor der weiteren Abgabe in den Arrest beamtshandelt wurde.

Ja! Er wollte es „einfach wissen“ und hatte mich – wohl aufgrund meiner Körpergröße und meiner totalen Ruhe bei der Amtshandlung – völlig unterschätzt!

Meine manchmal „unkonventionellen" Methoden

Die des Öfteren etwas unkonventionellen Methoden, die ich in meiner Dienstzeit zweckmäßiger Weise manchmal anwendete und die oft zum Erfolg führten, hatte ich auch schon in meinem ersten Buch beschrieben.

Dazu gehörte in Penzing u. a. auch, dass ich von etlichen Geschäften, Supermärkten etc., in denen es in der Vergangenheit öfters schon zu Einbruchsdiebstählen gekommen war, von den Geschäftsführern oder sonstigen Verantwortlichen Geschäftsschlüssel erhielt, damit wir bei Kripo-Streifen rasch und lautlos in die Geschäftsräume gelangen konnten, um dort allfällige Einbrecher auf frischer Tat zu ertappen. Dies war ja auch im Interesse der jeweiligen Firmen. Das erforderte schon auch ein gewisses gegenseitiges Vertrauen, welches aber vorhanden war!

Bei vielen anderen Objekten war dies jedoch aus diversen Gründen leider nicht möglich und wir mussten eben andere Methoden anwenden, um Einbrecher stellen zu können. Und so stiegen wir manchmal schon auch mal über ein höheres Gittertor eines eingezäunten Geländes, um lautlos und unbemerkt eine Streifung nach eventuell dort befindlichen Einbrechern im betreffenden Firmengelände durchzuführen. Oftmals erfolgreich und wir „erwischten" Einbrecher bei ihrer „geschäftlichen Tätigkeit in flagranti! Jedoch „... mit des Geschickes Mächten ist kein ew'ger Bund zu flechten – und das Unglück schreitet schnell!" (*Friedrich Schiller: „Lied von der Glocke"*) Daher kommt es manchmal etwas anders, als erwartet!

Die „glühenden Augen vom Auhof“ – eine vorzeitig sehr rasch beendete Streifung nach Einbrechern

In diesem Sinne kamen wir auch eines Nachts anlässlich einer Kripo-Streife in den Bereich „Auhof“ – damals ein reines Industriegebiet mit etlichen Firmensitzen, Fabriken etc. – heute gibt es dort wohl noch einige Fabriken, in diesem Gebiet ist inzwischen jedoch auch ein großes Einkaufszentrum – das „Auhof Center“ – das nun einen größeren Teil des Geländes einnimmt, so wie einige Supermärkte, ein Autohaus und andere Geschäfte.

Damals befand sich in dieser Gegend unter anderen auch eine LKW-Firma, in deren Gelände bzw. Bürogebäuden schon öfter eingebrochen worden war und auch Teile der dort abgestellten neuen LKW gestohlen worden waren.

Es bestand dort ein ziemlich weitläufiges Betriebsgelände mit Büro- und Werkstattgebäuden und abgestellten neuen LKW, das mit einem Gitterzaun abgetrennt war. Der Zugang zum Gelände war durch ein großes Metallgittertor möglich, das des Nachts natürlich versperrt war.

Um also eine Bestreifung des Geländes durchzuführen, bestand für uns Kriminalbeamte keine andere Möglichkeit, als des ca. 2 Meter hohe Gittertor zu überklettern, was ein Kollege und ich auch taten – die Firmenleitung war über diese Methode informiert.

Etliche Male zuvor hatten wir diese Methode schon angewandt, waren unbehelligt über das Gittertor gestiegen, hatten das Gelände bestreift, nach Einbruchsspuren gesucht, es war immer alles gut gegangen und wir verließen stets das Gelände wieder auf demselben Weg – ohne das etwas besonders passiert wäre.

Es herrschte ziemliche Dunkelheit, nur der matte Schein der Straßenbeleuchtung schien fahl herein und wir pirschten ziemlich lautlos vom Tor Richtung Gelände, Bürogebäude und abgestellte LKW.

Plötzlich sahen wir in einiger Entfernung im Dunklen vier „in einer Linie glühende Kohlenstücke", die rasch und leise näher kamen. Hunde – schoss es mir durch den Kopf – und ich rief zum Kollegen: „Schnell! Wieder raus!" Scheinbar mit der Geschwindigkeit eines Sprintläufers erreichten wir das Tor, hechteten hinauf – und da waren sie schon:

Zwei ausgewachsene respektable, zähnefletschende – aber keine Laute von sich gebende Rottweiler!

Unsere Herzen pochten wohl so laut, dass man es eventuell bis zur nahen Wientalstraße hören mochte!
Die Streife am Firmengelände setzten wir damals nicht mehr fort! Es war nochmals gut gegangen und auch die Hosenböden waren noch ganz!

Nach einigen erfolgreichen Einbruchsdiebstählen hatte die Firmenleitung die Hunde angeschafft und nachts auf dem Firmengelände als Wachhunde eingesetzt und offenbar vergessen, uns das mitzuteilen. Nochmals gut gegangen – ein gewisses Risiko ist beim Dienst ja immer dabei – so oder so!

Der im Supermarkt auf dem obersten Regal versteckte Einbrecher

Wie ich schon oben unter „… unkonventionelle Methoden…“ schrieb, hatten wir bei der Kripo Penzing damals auch Schlüssel zu verschiedenen Geschäften und Firmen, wo öfters schon Einbruchsdiebstähle verübt worden waren, um leise, unbemerkt und überraschend in die dortigen Räumlichkeiten zu gelangen, damit wir allfällige Täter auf frischer Tat betreten konnten.

Eines Nachts, im Zuge einer Bezirksstreife, betraten wir auf diese Weise lautlos einen großen Supermarkt im Bezirk. Wir durchstreiften leise die Gänge zwischen den Lokalen und nahmen auch das Büro des Filialleiters unter die Lupe, da dort ein Tresor stand, der schon einmal bei einem Einbruch aufgeschweißt worden war.

Als wir gerade wieder den Büroraum verließen, hörte ich ein Geräusch in der Stille der Räume – so wie wenn etwas auf den Boden gefallen wäre.

Wir durchstreiften nochmals die weitläufigen Gänge, als ich in einem dieser auf dem Boden ein Stück einer Ware (ich weiß heute nicht mehr, was es genau war) liegen sah, welches vorher noch nicht da gelegen hatte. Als ich mich genauer umsah, konnte ich feststellen, dass mehrere dieser Waren auf dem obersten Regal dieser Stellage lagen – dazwischen eine Lücke im Ausmaß der auf dem Boden liegenden Ware.

Nun machte mir einer der Kollegen die sogenannte

„Räuberleiter“, sodass ich auf das oberste Regal gelangen konnte. Dort lag – flach auf das Regal gedrückt – ein Einbrecher. Von mir wurde die Festnahme durchgeführt und der offensichtliche Täter zur weiteren Amtshandlung zum Kommissariat Penzing gebracht!

Im Zuge der in den nächsten Tagen vorgenommenen Einvernahmen konnten dem Festgenommenen insgesamt neun weitere Einbrüche in Geschäfte in Penzing und den umliegenden Bezirken nachgewiesen und in seiner Wohnung bei der Hausdurchsuchung noch gestohlenen Gegenstände aus den Straftaten sichergestellt werden. Bei den Vernehmungen stellte sich auch heraus, wie der Einbrecher in das Innere des Supermarkts gelangt war: Er hatte sich einfach bei Geschäftsschluss in der Toilette versteckt und war nicht entdeckt worden. Die unkonventionelle Methode hatte sich bewährt!

Der Büroeinbruch über das 2,5 Meter hohe Flachdach und die Überwältigung des mit einem Schraubenzieher „bewaffneten“ Einbrechers

Bei einer zentralen Kripo-Streife eines Nachts, deren Kommandant ich war, erhielten wir von der Funkstelle einen Einsatz in den 4. Wiener Gemeindebezirk (Wieden), in eine Seitengasse nächst der Wiedner Hauptstraße. Eine Privatperson hatte beobachtet, wie eine dunkel gekleidete männliche Person über ein Flachdach zu Fenstern eines dort befindlichen Büros geklettert war, eines dieser Fenster aufgebrochen hatte und in die Büroräume eingestiegen war.

Als wir etwa zeitgleich mit einem Funkwagen der Sicherheitswache am Einsatzort eintrafen, stellte sich heraus, dass sich das bezeichnete Flachdach in einer Höhe von ca. 2,5 Metern befand – normales Erreichen war nicht leicht möglich. Nun standen wir da vor der Mauer und rätselten, wie wir rasch zum Tatort gelangen könnten.

Da ich mich damals noch voll im sportlichen Training befand und Gefahr im Verzug schien, weil ja der Täter das Eintreffen der Polizeikräfte bemerkt haben und auf irgendeine Weise die Flucht ergreifen hätte können, entschloss ich mich, rasch und unkonventionell zu handeln, hechtete mit einem elastischen Sprung auf die Kante des Flachdachs, zog mich hoch und näherte mich vorsichtig dem aufgebrochenen Fenster. Die anderen Kollegen waren mangels gleicher sportlicher Fähigkeiten unten geblieben.

In den Büroräumen herrschte Dunkelheit und nur die Straßenbeleuchtung warf einen fahlen Lichtschein in das Innere. Von außen konnte man drinnen keine Person wahrnehmen und so entschloss ich mich, vorsichtig durch das Fenster einzusteigen. Die Dienstwaffe hatte ich aus Eigensicherungsgründen in der Hand und begann leise und vorsichtig mit der Durchsuchung des Büros.

Plötzlich merkte ich einen geduckten Schatten hinter einer Säule. Als ich mich diesem vorsichtig näherte, löste sich daraus der offensichtliche Einbrecher, kam auf mich zu und hielt einen länglichen Gegenstand – wie sich später herausstellte ein Schraubenzieher – in der rechten Hand. Als ich ihn mit den Worten „Polizei! Bleiben Sie stehen!" anrief, näherte er sich mit dem Schraubenzieher in der Hand weiter auf mich zu.

Gleich darauf stand er etwa einen Meter vor mir und erhob die Hand mit dem länglichen Gegenstand – es sah so aus, als wollte er gleich auf mich einstechen.

Ich hielt ja nach wie vor meine Dienstwaffe in der Hand und hätte ohne Weiteres in Notwehr auf ihn schießen können – immerhin stand offenbar ein unmittelbarer Angriff mit dem (bis dahin noch nicht genau definierten) Gegenstand auf mich bevor und mein Leben und meine Gesundheit schienen unmittelbar bedroht, sodass das Waffengebrauchsgesetz durchaus die Möglichkeit des Einsatzes der Dienstwaffe gegeben hätte.

Ehe ich aber einen (lebensgefährdenden) Schuss auf seinen Körper abgab, trat ich einen Schritt zurück, um die Distanz zwischen uns zu vergrößern, und gab einen

Warnschuss in Richtung Decke ab, worauf er sofort den Gegenstand fallen ließ und sagte: „Net schiaßen, Herr Inspektor, ich ergib mi eh!"

Gleich darauf erklärte ich ihn für festgenommen, legte ihm Handschellen an und brachte ihn durch das Fenster auf das Flachdach. Dort rief ich den unten wartenden Kollegen zu, den Mann entgegenzunehmen und ließ ihn vom Flachdach hinuntergleiten, wo sie ihn übernahmen.

Nach dem Eintreffen eines Geschäftsverantwortlichen wurde das Büro nochmals gründlich durchsucht. Es konnten keine weiteren Täter mehr vorgefunden werden – allerdings hatte der zuvor von mir Festgenommene mit dem Schraubenzieher bereits einige versperrte Laden und Kästen aufgebrochen gehabt und darin nach Geld gesucht. Eine in einer Lade gewesene Handkassa hatte er bereits gewaltsam aufgebrochen und einen Geldbetrag entnommen, der bei der Leibesvisitation bei ihm gefunden wurde.

Im Zuge der weiteren Einvernahmen auf der zuständigen Dienststelle konnten dem Täter noch einige weitere Einbruchsdiebstähle mit einem Schaden von mehreren Tausend Schilling nachgewiesen werden.

Der nicht gefundene Kontrollpunkt

Wie schon im ersten Teil meines Buches („Die Fragen stellen wir!“) beschrieben, wurden in jener Zeit auch kriminalpolizeiliche Streifungen durchgeführt.

Einerseits waren dies sogenannte „Bezirksstreifen“ – also Streifen, die jeweils in einer Nacht nur im eigenen Bezirksbereich durchgeführt wurden – andererseits auch sogenannte „Zentrale Kripo-Streifen“, die jeweils vom in der damaligen Bundespolizeidirektion Wien befindlichen „Kriminalbeamteninspektorat“ – also der vorgesetzten Dienststelle für alle Kriminalbeamten Wiens – angeordnet wurden. Diese Streifungen fanden nachts gleichzeitig in mehreren Bezirken durch die Kriminalbeamten der dort bestehenden Kriminalbeamtenabteilungen jeweils in ihrem Bezirk statt. Im Gegensatz zu den „reinen“ Bezirksstreifen, fanden diese Streifungen jedoch unter Aufsicht und Kontrolle des „Kriminalbeamteninspektorates“ statt.

Bei diesen Streifen führte ein höherer Offizier des Kriminalbeamteninspektorates – meist ein Oberst der Dienstführung – in von ihm ausgewählten Streifenbezirken Kontrollen durch. Zu diesem Zweck mussten die jeweiligen Bezirke, die zu Streifungen eingeteilt waren, dem Kriminalbeamteninspektorat jeweils 2 „Kontrollpunkte“ in ihrem Bezirk melden – einen gegen 22.00 Uhr und einen gegen 01.00 Uhr – und jeweils 10 Minuten vor dieser gemeldeten Zeit bis 10 Minuten danach auf den „Kontrolloffizier“ warten.

Da dieser aber zum selben Zeitpunkt ja nur jeweils an

einem der gemeldeten Kontrollpunkte sein konnte, befanden sich zu diesen Zeitpunkten jeweils die Streifenleiter an ihren gemeldeten Kontrollpunkten – lediglich zwei aller dieser gemeldeten Punkte konnte aber nur vom „Kontrolloffizier“ kontrolliert werden, diese wurden von ihm „geheim“ ausgewählt, da aber keiner wusste, welche dies waren, mussten alle Streifenleiter stets zu den angeführten Zeiten an ihren Kontrollpunkten warten.
Ausnahme: Es wurde gerade zu dieser Zeit von diesem eine Amtshandlung durchgeführt – dies musste aber am nächsten Tag jedenfalls begründet werden.

Wir an der „Front“ empfanden diese Kontrollen als nicht unbedingt erforderlich – da ja ohnehin auch ein Offizier das Kommando hatte –, aber „Befehl ist Befehl“!

Da ich schon auch eine gehörige Portion Humor in mir hatte und noch immer habe, trieb mich der „Schalk“ dazu, anlässlich einer angeordneten „Zentralen Streife“ dem Kriminalbeamteninspektorat als Kontrollpunkt für 01.00 Uhr die Adresse Wien 14., Scheiterplatz 1 zu melden. Außerdem fördert fallweiser Humor im Dienst bei den Kollegen auch die Dienstfreudigkeit.

Die angeordnete Streife in unserem Bezirk begann also unter meiner Leitung und pünktlich und ordnungsgemäß wartete ich um 22.00 Uhr am ersten Kontrollpunkt. Der Kontrolloffizier kam jedoch nicht, da er offenbar um diese Zeit in einem anderen Bezirk kontrollierte und so setzten wir zu abgelaufener Kontrollzeit unsere Streife weiter fort.

Zum Zeitpunkt des zweiten Kontrollpunkts – um 01.00 Uhr – standen wir am angegebenen Punkt und der „Kontrolleur“ kam wieder nicht.

Er wird wohl wieder einen anderen Bezirk kontrolliert haben, dachte ich und setzte nach Ablauf der Kontrollzeit meine Streife fort.

Am nächsten Tag dann der Anruf des Herrn Oberst aus dem Kriminalbeamteninspektorat: „Sag mal, was hast du mir denn da für eine Adresse für den zweiten Kontrollpunkt gemeldet? Ich habe den ganzen 14. Bezirk abgefahren und auch am Stadtplan nachgeschaut – diese Adresse gibt es gar nicht!“

Ich hatte jedoch im Gegensatz zum Herrn Oberst vom Kriminalbeamteninspektorat genauere Ortskenntnisse von „meinem“ Bezirk – flächenmäßig der viertgrößte Wiens und zu einem beträchtlichen Teil den Wienerwald umfassend. Das Lachen kaum unterdrückend sagte ich zu ihm:

„Doch, diese Adresse gibt es und wir haben pünktlich zum Kontrollpunkt auch dort gewartet, aber es kam niemand und so sind wir weitergefahren!“

„Geh, mach keinen Schmäh“, sagte der Herr Oberst.

„Wo soll denn diese Adresse sein?“

„Tja, Herr Oberst“, sagte ich, „es handelt sich um ein Försterhaus, das sich knapp noch im 14. Bezirk befindet – an der Grenze zu Niederösterreich. Man erreicht diese Adresse von Wien aus von zwei Seiten: Entweder von Neuwaldegg (17. Wiener Gemeindebezirk) über die Exelbergstraße – Tullnerstraße Richtung Tulln oder von der Grenze Mauerbach (Niederösterreich) – 14. Bezirk Sophienalpenstraße Richtung Tullnerstraße!"

„Du „G'frast", sagte er lachend zu mir und beendete das Gespräch!

„Humor ist, wenn man trotzdem lacht!"
(Zitat von Otto Julius Bierbaum, auch bekannt unter den Pseudonymen Martin Möbius und Simplicissimus, war ein deutscher Journalist, Redakteur, Schriftsteller und Librettist, 1865-1910)

Der Randalierer in der Pratersauna

Noch in meiner Zeit als Kriminalbeamter im Wiener Sicherheitsbüro – Gruppe zur Bekämpfung von Laden- und Taschendiebstählen und Fahndung – war ich natürlich mit meinen Kollegen oft in ganz Wien unterwegs – vor allem wenn wir Personen zur Festnahme oder zum Vollzug von Haftbefehlen suchten.

Im Dienstwagen hatten wir natürlich ein Funkgerät mit und so hörten wir eines Tages, als wir gerade im 2. Wiener Gemeindebezirk („Leopoldstadt") fuhren, einen Funkspruch eines im Einsatz befindlichen Funkwagens der Sicherheitswache mit, deren Beamten um Unterstützung baten.

Die Kollegen hatten einen Einsatz zur „Pratersauna" erhalten, wo nicht sich nicht immer nur ehrbare Bürger als Gäste aufhielten. Ein Gast hatte bereits reichlich alkoholische Getränke konsumiert, in der Sauna randaliert und Gäste und Personal bedroht. Die Sicherheitswachebeamten konnten den Mann in der Sauna gerade noch festnehmen und vor das Gebäude zum Funkwagen bringen, wo er jedoch neuerlich zu randalieren begann, die Beamten beschimpfte und sich auch körperlich weigerte, in den Funkwagen zu steigen.

Als ihn die Kollegen dann mit Handschellen schließen wollten, erwies sich dieses Unterfangen als schier unmöglich. Der Mann – nicht gerade „zart gebaut" – wehrte sich mit Händen und Füßen gegen die „Schließung", weshalb die Beamten Unterstützung angefordert hatten.

Bei unserem Eintreffen bot sich folgendes Bild:

Die beiden SWB „rangelten" mit dem Festgenommenen bei ihrem Funkwagen herum und waren nicht imstande, ihn zu „bändigen" und ihm die Handschellen anzulegen. Der „Kampf" wogte hin und her und führte offensichtlich zu keinem Erfolg. Ich begab mich nun zu dem Festgenommenen und versuchte, ihm gut zuzureden, dass er sich nicht gegen die Amtshandlung wehren solle, etc. – was ihn jedoch nicht sonderlich zu beeindrucken schien. Da alles Reden nichts nutzte, wandte ich einen Judogriff an ihm an und versuchte, ihm die Handschellen anzulegen, was mir an einem Handgelenk wohl gelang, beim zweiten „spießte" es sich jedoch etwas, da er diese Hand hinter seinen Rücken legte. Unter Anwendung eines „Handhebels" gelang es mir, seinen Arm hinter seinem Rücken hervorzubringen und ihm den zweiten Teil der Handschellen anzulegen.

Dazu wäre zu erwähnen, dass die damaligen dienstlichen Handschellen etwas größere „Ungetüme" waren als die heutigen – mit ziemlich spitzen Zacken die zum „Schließen" einrasten mussten.

Durch die Gegenwehr des Mannes verletzte ich mich an einem dieser Zacken an der Hand, wodurch ich einen blutenden Kratzer erlitten hatte. Der Mann konnte dann von mir doch in den Funkwagen gebracht und die Festnahme abgeschlossen werden. Die uniformierten Kollegen bedankten sich für die Unterstützung und fuhren weg.

Nach unserem Einrücken ins Sicherheitsbüro handelte

ich natürlich vorschriftsmäßig, erstattete über den Vorfall eine Meldung und füllte außerdem das vorgesehene Formular („Meldung über einen Dienstunfall“) aus.

Diese Schriftstücke brachte ich anschließend gleich direkt zum damals Leitenden Kriminalbeamten des Sicherheitsbüros, Herrn Oberst K., der sich die beiden Papiere durchlas.

Dann sah er mich mit einem tiefgründigen Blick an (meine Kampfsportkenntnisse waren damals im Sicherheitsbüro wohl bekannt) und sagte:

„Und wie schaut der andere aus?“

Gelächter auf beiden Seiten und ich konnte den Herrn Oberst beruhigen: Der „Delinquent“ hatte keine Verletzung durch mein Eingreifen!

Der gerade noch rechtzeitig gestoppte betrunkene Gewalttäter im Lokal

Eines Nachts, gegen 22.00 Uhr, fuhren der Journaldienst versehende Kriminalbeamte des Kommissariats Penzing und ich mit meinem Privatwagen „eine Runde" durch den Bezirk. Dies war zwar außer der Norm und nicht im Rahmen einer Streife – aber solche Fahrten zwischendurch wurden von mir schon manchmal durchgeführt und wir hatten damit auch schon verschiedene kriminalpolizeiliche Erfolge erzielt.

Als wir in gemächlicher Fahrt an einem Espresso vorbeifuhren, hörten wir durch die offen stehende Lokaltüre ungewöhnlichen Lärm – eine laute Schreierei. Ich hielt mein Fahrzeug sofort am Straßenrand an und wir begaben uns zu dem Lokal.

Beim Eintreten nahm ich wahr, dass ein offensichtlich erheblich betrunkener Gast in einen lautstarken Streit mit der hinter der Theke stehenden Kellnerin des Lokals verwickelt war. Der Grund: Die Kellnerin wollte dem Gast wegen seiner schon über das „normale Maß" hinausgehenden Alkoholisierung keine alkoholischen Getränke mehr ausschenken, die dieser jedoch lautstark einforderte.

Plötzlich – der Mann hatte unser Eintreten wohl gar nicht bewusst wahrgenommen – ergriff er mit beiden Händen einen der vor der Theke stehenden Barhocker, hob ihn hoch und wollte mit diesem offensichtlich unmittelbar auf die Kellnerin einschlagen bzw. diesen auf sie werfen.

Eine dramatische Situation! Wäre ihm dies gelungen, hätte die Kellnerin wohl schwerere Verletzungen erlitten.

Noch während er mit dem Barhocker zum Schlag ausholte, sprang ich rasch in den Schlag hinein und blockte einen Schlagarm ab, worauf er seine Aggression sofort gegen mich richtete und versuchte, mit dem Hocker auf mich einzuschlagen.

Ich entwand ihm kraftvoll den Barhocker und warf diesen auf den Boden, worauf er sofort versuchte, mit den Fäusten auf mich einzuschlagen. Daraufhin wandte ich einen „Armblock" gegen den auf mich einschlagenden Arm des Mannes an und setzte dann sofort die „Armwinkelsperre", wodurch ich den Mann zu Boden bringen und gleichzeitig die Festnahme aussprechen konnte.

Mit vereinten Kräften konnte er dann vom Kollegen und mir festgenommen und mit Handschellen geschlossen werden.

Der Kellnerin „fiel ein Stein vom Herzen", denn sie sah sich offenbar schon im Geiste verletzt im Krankenhaus liegen, wo sie wohl auch gelandet wäre, wenn wir im selben Augenblick nicht zufällig dort vorbeigefahren, die Situation erfasst und sofort reagiert hätten.

Der Rächer aus Wien-Fünfhaus – Rache am „bösen“ Telefonautomaten

Im Jänner/Februar 1984 wurden in einer bestimmten Telefonzelle in der Linzer Straße von unbekannten Tätern immer wieder Sachbeschädigungen am Telefonautomaten durchgeführt. Jedes Mal schnitt der Unbekannte das Kabel des Telefonhörers mit einem scharfen Gegenstand durch, wodurch immerhin ein nicht ganz unbeträchtlicher Schaden entstand.

Aus diesem Grund ordnete ich verstärkte Observationen dort an. Zu diesem Zweck forderten wir ein getarntes Observationsfahrzeug vom Sicherheitsbüro an, welches neben der Telefonzelle unauffällig abgestellt war. Bei einer dieser Observationen bzw. Streifen konnte nach einiger Zeit tatsächlich ein Mann von meinen Kriminalbeamten auf frischer Tat ertappt werden, wie er eben das Kabel des Telefonhörers in dieser Zelle mit einem Messer durchschnitt und den Telefonhörer auf den Boden warf. Der Mann wurde festgenommen und dem Kommissariat Penzing überstellt.

Bei den nachfolgenden Einvernahmen konnten dem Täter insgesamt sieben solcher Sachbeschädigungen nachgewiesen und zur Anzeige gebracht werden.

Der Grund dieser Taten jedoch war obskur: Die Sachbeschädigungen hatte der Mann deshalb begangen, da er sich an dem Telefonautomaten „rächen“ wollte! Dieser hatte ihm zuvor nach einem Telefonat kein Retourgeld herausgegeben, obwohl er der Meinung war, dass ihm ein solches zustand. Dieser böse, gierige Automat! Rache ist süß – dachte er wohl!

Kleine Nebensächlichkeit am Rande: Während einer der Observationen lenkte ein stark betrunkener Fahrer seinen Wagen am Beobachtungsort vorbei, wobei er alkoholbedingt wohl den seitlichen Abstand zwischen seinem Auto und dem abgestellten Observationsfahrzeug etwas überschätzte und den Dienstwagen streifte. Dadurch wurden die beiden im Observationsfahrzeug sitzenden Kriminalbeamten jäh von ihren Sitzen auf den Boden des Fahrzeuginneren geschleudert, jedoch glücklicherweise nicht verletzt. Sie konnten jedoch eine derart gute Fahrzeugbeschreibung des flüchtigen Lenkers abgeben, dass dieser kurz danach von der Besatzung eines Streifenwagens gestoppt und der Lenker einem (positiven) Alkotest zugeführt werden konnte.

Die entsprechenden Anzeigen wurden erstattet!

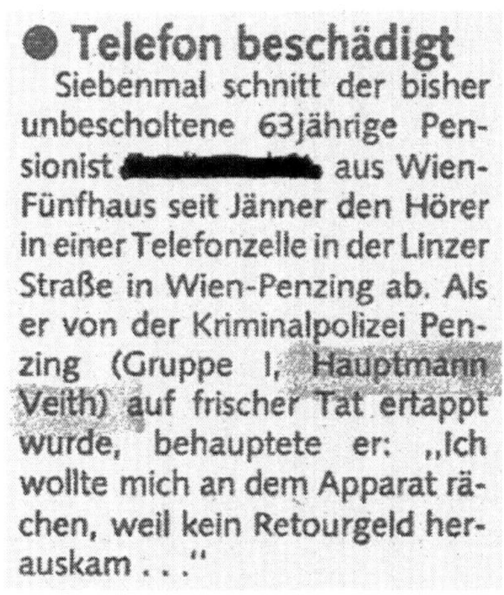

● Telefon beschädigt

Siebenmal schnitt der bisher unbescholtene 63jährige Pensionist [illegible] aus Wien-Fünfhaus seit Jänner den Hörer in einer Telefonzelle in der Linzer Straße in Wien-Penzing ab. Als er von der Kriminalpolizei Penzing (Gruppe I, Hauptmann Veith) auf frischer Tat ertappt wurde, behauptete er: „Ich wollte mich an dem Apparat rächen, weil kein Retourgeld herauskam . . ."

(Quelle: Kronen Zeitung)

Die „in flagranti" erwischten Straßenräuber – wenn die Kripo rein zufällig um die Ecke kommt

Noch als junger Kriminalbeamter im Wiener Sicherheitsbüro nahm ich natürlich auch regelmäßig an den Streifenfahrten der sogenannten „Täglichen Funkwagenstreife" teil – damals einer Einrichtung, wo jeden Tag einige mit Funk ausgerüstete Zivilstreifenwagen in jeweils zugeteilten Sektoren in Wien nach Übeltätern Ausschau hielten, aber auch sonstige kriminalpolizeiliche Aufgaben erledigten!

Als „Junger" war ich stets als „1. oder 2. Fahrer" eingeteilt, ein älterer dienstführender Beamter – meist ein Gruppenführer oder ein Leitender Kriminalbeamter – waren jeweils die Wagenkommandanten.

Dienstantritt war täglich für die zur genannten Streife eingeteilten Kriminalbeamten ein dazu bestimmter Raum im Sicherheitsbüro, wo durch den an diesem Tag eingeteilten Streifenkommandanten – den Offizier der Kommandant am Funkwagen „Kripo 1" war – die Beamten über bestimmte Aufgaben oder Schwerpunkte informiert wurden und kurz vor Fahrtantritt auch noch besondere Weisungen beim Journalbeamten – einem Polizeijuristen des Sicherheitsbüros eingeholt wurden.

Eines Abends fuhr ich also mit meiner übrigen Besatzung in den zugewiesenen Streifensektor los – damals waren wir für die Bezirke 2, 20, 21 und 22 zuständig. Ich war als 1. Fahrer eingeteilt – der Fahrerwechsel erfolgte meist so gegen 24.00 bis 01.00 Uhr.

So gegen 23.00 Uhr fuhren wir im 20. Bezirk und bogen in eine etwas dunklere Seitengasse ein. Plötzlich sah ich im Vorbeifahren einen Mann am Gehsteig auf dem Boden kauern – über ihm standen gebückt zwei Männer. Die Situation kam mir sofort irgendwie verdächtig vor, ich hielt den Dienstwagen an, stieg aus und während die beiden Kollegen ebenfalls ausstiegen, war ich mit ein paar schnellen Schritten schon am Ort des Geschehens.

Ich erfasste sofort die Situation und gleich darauf waren auch schon die Kollegen bei mir: Einer der beiden Männer, die über den am Gehsteig kauernden Mann gebückt standen, hatte ein Springmesser in der Hand und bedrohte damit eindeutig den auf dem Gehsteig befindlichen Mann, während der zweite soeben dabei war, dem Kauernden die Brieftasche mit mehreren Hundert Schilling Inhalt aus der Innentasche seines Sakkos zu nehmen.

Keine Frage! Ein eindeutiger bewaffneter schwerer Raub!

Wir wiesen uns sofort als Kriminalbeamte aus – ich entwand blitzschnell dem einen Täter das Messer, zwang ihn zu Boden, erklärte ihn für festgenommen und legte ihm Handschellen an, während der zweite Täter von den anderen beiden Kollegen festgenommen, mit Handschellen gefesselt und zum Dienstwagen gebracht wurde.

Über Funk forderten wir Unterstützung durch einen Funkwagen der Sicherheitswache an, die den Überfallenen zum zuständigen Koat brachte, während wir die beiden Täter dorthin überführten!

Bei den Vernehmungen stellte sich heraus, dass der am Boden kauernde Mann zuvor auf dem Heimweg von einem Gasthausbesuch gewesen war.

Die beiden Männer, die ihn beraubt hatten, waren zuvor ebenfalls in demselben Gasthaus gewesen und hatten beobachtet, wie der Mann seine Zeche bezahlte. Dabei hatten sie die Hunderter in der Brieftasche „blitzen" gesehen und sich spontan entschlossen, ihn zu überfallen. Sie folgten ihm und als er in die unbelebte Seitengasse einbog, warfen sie ihn zu Boden – bedrohten ihn mit dem Messer und beraubten ihn.

Mit der zufällig vorbeifahrenden Kripostreife hatten sie wirklich nicht gerechnet!

Im Zuge der weiteren Einvernahmen konnten den beiden Verdächtigen noch weitere sechs derartige Raubüberfälle in den vergangenen zwei Wochen nachgewiesen werden, zu denen sie auch Geständnisse ablegten.

Wie sich ein gefahndeter unterstandsloser Einbrecher aus eigenem Verschulden durch einen Polizeidiensthund ein blaues Auge einhandelte (oder: Auch auf einen pelzigen Polizisten tritt man nicht ungestraft hin)

Als ich noch ein junger Kriminalbeamter war und in Wien-Döbling (19. Wiener Gemeindebezirk) meine ersten kriminalistischen „Sporen verdiente“ – noch vor meiner Zeit im Wiener Sicherheitsbüro – ereignete sich folgender Vorfall:

Ich erhielt einen vertraulichen Hinweis, dass sich ein wegen Einbruchs zur Festnahme gesuchter Mann, der in Österreich nirgends gemeldet war, in Döbling in einem weitläufigeren mit Bäumen und Sträuchern bepflanzten Gelände unter einem dicht bewachsenen Strauch ein „Lager“ eingerichtet habe und sich fast täglich dort aufhielt.

Bei einer Nachschau am Tage konnte dieses „Lager“, welches mit Decken und anderen Gegenständen versehen war, tatsächlich wahrgenommen werden – von der gesuchten Person war jedoch nichts zu sehen, aber die Art und Weise, wie der genannte Ort hergerichtet war, und die dort liegenden persönlichen Sachen, ließen darauf schließen, dass dort in der Tat jemand nächtigte.

Aus diesem Grunde ließ ich einige Tage vergehen und forderte eines Nachts, als ich Journaldienst hatte, zu einem bestimmten Zeitpunkt nach Mitternacht einen Diensthundeführer mit einem Diensthund an, um dort nochmals Nachschau zu halten.

Gegen 00.30 Uhr in jener Nacht suchten wir nun diesen Ort auf – der Diensthundeführer mit seinem Diensthund – einem beachtlichen Rottweiler – und ich schlichen uns auf leisen Sohlen und Pfoten zu dem besagten Strauch.

Wirklich fanden wir dort einen in Decken eingerollten Mann unter dem Strauch schlafend vor.

Der Diensthundeführer mit seinem mit einem Maulkorb versehenen Diensthund und ich gingen bis auf kurze Distanz an den Mann heran, ich leuchtete ihn mit der Taschenlampe an, wir gaben uns als Polizei zu erkennen und forderten den Mann auf, sich auszuweisen.

Dieser richtete sich kurz auf – im Sitzen sagte er *freundlich*: „Geht's scheißen, ihr Arschloch-Kiberer mit eurem Köter" und trat mit einem Fuß gegen den Diensthund, den er auch an der Brustseite traf. Nach seinen Worten zu schließen, dürfte er also wohl „geschnallt" haben, dass wir Polizisten waren.

Die Reaktion des „haarigen" Kollegen war logisch, rasch und schmerzvoll: Der Rottweiler riss mit einem plötzlichen starken Ruck an der Leine an, sodass ihn der Diensthundeführer nicht mehr zurückhalten konnte, überwand dadurch die kurze Distanz zu dem „Attentäter" und stieß ihn mit der Schnauze, über der ja noch der Maulkorb angebracht war, ins Gesicht.

Auch ein Hund hat ja Rechte und muss sich nicht alles gefallen lassen!

Das Ergebnis war schmerzend – der Mann schrie kurz auf und wurde gleich darauf von mir festgenommen. Es war der gesuchte Einbrecher, wie sich herausstellte.

Am nächsten Tag war unter dem Auge schon eine kleine Blaufärbung zu sehen. Und die Moral von dieser G'schicht': „Nach Polizisten tritt man nicht!" Auch nicht nach solchen mit „Fellnasen"

Der Bankräuber – quasi als „Selbststeller“ (Wie ihm Dummheit zum Verhängnis wurde)

Im März 1984 verursachte ein Autolenker mit seinem Pkw – einem auffälligen roten Mercedes 190 E – in Penzing, im Bereich Linzer Straße – Bergmillergasse, einen von ihm verschuldeten Verkehrsunfall mit Sachschaden.

Als ihn der zweitbeteiligte Lenker zur Rede stellte und die Daten austauschen wollte, sagte der Mercedes-Lenker zu ihm: „Ich habe keine Zeit!“, und fuhr davon. Fahrerflucht also! Der „unschuldige“ Autolenker verständigte daher die Polizei und eine Fahndung nach dem fahrerflüchtigen Lenker wurde eingeleitet.

Zu dieser Zeit beteiligten sich auch die Sicherheitswachebeamten des Funkwagens „Norbert 2“ an der Fahndung. Die drei Beamten sahen schließlich während ihrer Streifenfahrt den gesuchten Pkw vor einer Bank in der Linzer Straße nächst dem „Baumgartner Spitz“ abgestellt – ohne Fahrer. Während die Beamten per Funk den Standort des gefahndeten Fahrzeuges durchgaben, stürmte plötzlich dessen Fahrer aus der Bankfiliale, die er eben überfallen hatte – mit der Beute in einem Sackerl.

Als ihn die Beamten – noch nicht ahnend, dass er gerade die Bank überfallen hatte – zum vorigen Verkehrsunfall befragen wollten, sprang er in seinen Mercedes, gab Gas und rammte den vor seinem Fahrzeug schräg quergestellten Funkwagen.

Er konnte jedoch nach diesem Vorgang nicht mehr weiter flüchten, da ihn die SWB mit gezogenen Dienstwaffen festnahmen. Genau in diesem Augenblick stürzten Bankangestellte aus der Bank und riefen laut „Hilfe! Überfall!“

Bei der Visitierung des Mannes wurden sowohl eine Pistole und ein Revolver, wie auch die beim Überfall erbeuteten 160.000 Schilling sichergestellt. So war der Bankräuber durch seine eigene Dummheit zum „Selbststeller“ geworden! Er wurde nach einer ersten Einvernahme durch mich zur weiteren Amtshandlung dem für Bankraub zuständigen Sicherheitsbüro überstellt.

„Krone“ – 9. März 1984

Bewaffneter Täter in Wien-Penzing gefaßt

Unfall vor Überfall – Bankräuber verhaftet

Unmittelbar vor einer überfallenen Bank in der Linzer Straße 432 endete Donnerstag die Flucht eines schwer bewaffneten Bankräubers. Der Täter, der 37jährige [geschwärzt] aus Penzing, hatte mit seinem neuen roten Mercedes 190 E auf dem Weg zu dem Überfall einen Unfall verursacht. Die Beamten der Funkstreife „Norbert 2“ bemerkten bei der Fahndung das Auto vor der Bank.

Zu diesem Zeitpunkt wußten die drei Beamten [geschwärzt] noch nichts von dem Überfall auf die „Erste Österreichische“. [geschwärzt] hatte kurz vorher bei der Kreuzung Linzer Straße – Bergmillergasse einen Verkehrsunfall verur-

VON ERICH SCHÖNAUER UND ALFRED PULLETZ

sacht. Er sagte seinem Unfallgegner: „Ich habe keine Zeit“ und fuhr weiter. Der andere Lenker verständigte die Polizei. Eine Fahndung nach dem Fahrerflüchtigen wurde daraufhin eingeleitet.

Als der Handelsvertreter nach dem Coup aus der Bank kam, wollten ihn die davor wartenden Polizisten zu dem Unfall befragen. Er sprang aber ins Auto, gab Gas und rammte die Funkstreife, die sich vor ihm querstellte. Mit gezogenen Pistolen nahmen die Beamten den Mann fest. Im nächsten Augenblick stürzten die Bankangestellten auf die Straße und riefen: „Hilfe, Überfall!“

Die Beute von 160.000 Schilling, ein Revolver und eine Pistole wurden bei dem Bankräuber sichergestellt. Der Täter wurde zur ersten Einvernahme ins Kommissariat Penzing unter Leitung von Hauptmann Veith gebracht und noch am Abend ins Wiener Sicherheitsbüro überstellt.

(Quelle: Kronen Zeitung)

Der bärenstarke Unterweltler, der sieben Polizisten außer Gefecht setzte und aus dem Häfen „türmte"

Im August 1982 war ein bezirksbekannter Unterweltler aus der sogenannten „Stoßpartie (Stoß: auch meine Tante, deine Tante, Schnitt oder Naschi genannt, ist als Abart der Bassette bzw. des Landsknecht, manchmal mit ihnen gleichgesetzt, ein dem Pharo ähnliches Kartenspiel, das mit 32 Blatt doppeldeutscher oder französischer Karten gespielt wird und in Österreich als verbotenes Glücksspiel bekannt ist) gemeinsam mit einem zweiten Täter bei einem versuchten Einbruch in einen Pkw eines Juwelenvertreters von der Polizei auf frischer Tat ertappt, festgenommen und dem Kommissariat Penzing zur weiteren Amtshandlung überstellt worden.

Ihr Ziel hatten sich die beiden genau und bewusst ausgesucht: Der Juwelenvertreter hatte einen Schmuckkoffer mit Schmuck im Wert von etwa 8 Millionen Schilling im Auto. Nach einer ersten Einvernahme wurden die beiden in verschiedenen Arrestzellen untergebracht.

Gegen ½ 3 Uhr früh begann der kräftige etwa 2 Meter große „Unterweltler" plötzlich in seiner Zelle zu toben, riss ein engmaschiges Sicherheitsgitter vor der Fensterscheibe der Zelle aus der Verankerung und zertrümmerte die Scheibe. Dabei zog er sich an beiden Unterarmen stark blutende Schnittverletzungen zu, sodass er zur Versorgung dieser Wunden aus der Zelle gebracht und verarztet werden sollte.

Kurz darauf trafen die Sanitäter des zuvor durch die SWB verständigten Roten Kreuzes vor dem Kommissariat ein. Wegen seiner bekannten Gefährlichkeit und seiner kräftigen Statur, holten ihn sieben (!) Sicherheitswachebeamten aus der Zelle, damit die Wunden versorgt werden könnten.

In diesem Augenblick startete der Mann einen fulminanten Fluchtversuch: Er schlug und trat überraschend mit ungeahnter Aggressivität auf die sieben SWB ein und „rollte" sie richtig nieder. Im Zuge des dadurch entstandenen Tumults, stieß er bei der außerhalb der Zelle befindlichen Glastür des Zellenvorraums zur Straße, die mit einem mit Draht durchzogenen Sicherheitsglas versehen war, das Glas mit dem Kopf voran (!) mit kräftigen Stößen ein und flüchtete auf die Straße. Dort zerrte er gewaltsam den Rettungssanitäter, welcher am Steuer des Rot-Kreuz-Wagens saß, aus dem Fahrzeug und warf ihn auf die Straße. Sodann versuchte er, den Rettungswagen zu starten und damit zu flüchten. Dies wurde jedoch durch die inzwischen herbeigeeilten SWB und Kriminalbeamten vereitelt, da diese auch mehrere Warnschüsse aus ihren Dienstwaffen abfeuerten, worauf sich der Mann schließlich doch ergab, neuerlich festgenommen, mit Handschellen geschlossen und wieder in eine Zelle gebracht wurde, wo er dann ärztlich versorgt wurde.

Bei der Durchsuchung des Pkw des Unterweltlers – eines Mercedes 450 SE – und seiner Wohnung konnten neben Diebesgut auch noch vier Schrotgewehre und zwei Pistolen samt passender Munition und ein Fixiermesser sichergestellt werden.

Freitag, 13. August 1982

Erst Schüsse konnten Flucht stoppen

Wiener setzte sieben (!) Polizisten außer Gefecht

Wie von Sinnen wütete in der Nacht zum Donnerstag im Bezirkspolizeikommissariat Wien-Penzing ein bärenstarker Unterweltler: Er zertrümmerte eine Zelle, setzte sieben Polizisten durch Schläge kurzzeitig außer Gefecht und hechtete durch eine geschlossene Glastür ins Freie. Erst vier Schüsse stoppten die Flucht.

[…] (41) aus Wien-Ottakring und sein Komplice […] (28) aus Hernals waren kurz nach Mitternacht bei einem versuchten Einbruch in das Auto eines Juwelenvertreters in Wien-Penzing auf frischer Tat ertappt und verhaftet worden. Die beiden polizeibe-

VON KARL WENDL

kannten Unterweltler waren in einem *Mercedes* 450 SE unterwegs und hatten ihr Ziel genau ausgesucht: In dem geparkten Wagen lagen nämlich Schmuckstücke im geschätzten Wert von acht Millionen Schilling.

Die Beamten brachten die Männer nach kurzem Verhör in die Zellen des Kommissariats in der Leyserstraße. Gegen 2.35 begann […], ein bärenstarker, fast zwei Meter großer früherer Freistilringer, in seiner Zelle zu toben. Es gelang ihm, ein engmaschiges Gitter aus der Verankerung zu reißen und eine Glasscheibe zu zertrümmern. Bei dem Tobsuchtsanfall zog sich […] an beiden Unterarmen stark blutende Schnittverletzungen zu.

Wenige Minuten später traf das Rot-Kreuz-Team vor dem Kommissariat ein. Sieben Sicherheitswachebeamte wollten den Verletzten aus der Zelle eskortieren. Diese Gelegenheit nützte der Verbrecher zu einem Fluchtversuch: Mit wuchtigen Schlägen und Fußtritten wälzte der Mann die überraschten Polizisten regelrecht nieder. In der allgemeinen Verwirrung gelang es dem Mann davonzulaufen. Selbst eine verschlossene Glastüre betrachtete er als kein Hindernis: Mit dem Kopf voran stürzte der Verbrecher durch die Glasscheibe ins Freie.

Vor dem Polizeigebäude zerrte der Tobende den Rettungsfahrer aus dem VW-Bus und warf den Sanitäter auf den Gehsteig. Nun wollte […] mit dem Rettungswagen fliehen. Die Polizisten waren jedoch schneller: Sie feuerten vier Warnschüsse ab. Erst jetzt gab der Mann auf. Bei der Durchsuchung des Autos und der Wohnung der Unterweltler stießen die Beamten auf Diebsgut, vier Schrotgewehre, zwei Pistolen, ein Fixiermesser und Munition.

(Quelle: Kronen Zeitung)

Der „Satan von Ottakring“

Mitte der 1950er-Jahre schrieb ein Mann mehrere Drohbriefe, die er derart verfälschte, dass als Absenderinnen sechs Frauen verdächtigt worden waren, die für einige Zeit unschuldig hinter Gittern landeten. Schon damals – als der Mann schlussendlich als der wahre Täter ausgeforscht worden war – wurden Zweifel an seinem Geisteszustand laut.

Derselbe Mann, der inzwischen in Wien-Ottakring wohnte, schoss im Jahre 1977 einem „Nebenbuhler“ mit einer illegal erworbenen Pistole in den Rücken, wodurch dieser schwer verletzt worden war, jedoch durch die Kunst der Ärzte im Krankenhaus überlebte. Von den Medien wurde er als „Satan von Ottakring“ bezeichnet.

Der Schütze wurde nach einem psychiatrischen Gutachten in die Sonderanstalt für geistig abnorme Rechtsbrecher im psychiatrischen Krankenhaus „Baumgartner Höhe“ eingewiesen, woraus ihm zwei Mal die Flucht gelang. War er bei der ersten Flucht rasch wieder „eingefangen“, blieb er bei der zweiten einige Zeit unentdeckt. Durch mich wurden daher umfangreiche Fahndungsmaßnahmen eingeleitet und unter anderem auch die Wiener Spitäler in Kenntnis gesetzt.

Ein Stationsgehilfe des Hanuschkrankenhauses wurde im Februar 1980 von zwei Krankenschwestern der HNO-Abteilung darauf aufmerksam gemacht, dass sie von zwei Patienten ihrer Abteilung auf einen Verdächtigen im Gangbereich dieser Abteilung hingewiesen worden waren, der dem Foto des Gesuchten, das sie in der

Zeitung gesehen hatten, ähnlich gesehen hatte und der Klopapier um den Kopf gewickelt hatte.

Der engagierte Stationsgehilfe hielt daraufhin in diesem Bereich im Pavillon 3 mit einem Kollegen Nachschau, wobei sie auch alle Toiletten dort durchsuchten. Im Zuge der Suche gelangten sie so auch zu einem versperrten Damenklosett, aus dem einige Zeit niemand herauskam. Der Stationsgehilfe klopfte schließlich an die Toilettentüre und fragte, wer denn drinnen sei und ob Hilfe von Nöten sei. Eine Männerstimme antwortete: „Ich bin ein Patient der Augenabteilung und habe Durchfall!"

Nachdem dieser Vorfall äußerst verdächtig schien, legte sich der besagte Stationsgehilfe außerhalb des Toilettenbereichs kurze Zeit auf die Lauer und wartete. Als der Mann in der Toilette offenbar dachte, dass „die Luft rein sei", verließ er diese und ging Richtung Pavillon 2, wohin ihm der Stationsgehilfe unbemerkt „nachschlich". In einem günstigen Augenblick stürzte sich der mutige Mann auf den Verdächtigen und packte ihn beim Arm, wobei er auch noch von einem am Gang aufhältigen Patienten unterstützt wurde. Weil auch der Stationsgehilfe die Fotos des Geflüchteten in den Zeitungen gesehen hatte, erkannte er deshalb auch, dass es sich um den Gesuchten handelte. Gemeinsam brachten die beiden Männer ihn zum Portier, von dem telefonisch der Polizeinotruf getätigt wurde.

Da ich mich zu diesem Zeitpunkt wieder mal mit meinem Privatwagen und Funkgerät zufällig in unmittelbarer Nähe des Krankenhauses befunden hatte, fuhr ich sofort dorthin, wo ich innerhalb von wenigen Minuten eingetroffen war und den Verdächtigen – es handelte sich tatsächlich um den geflüchteten Geisteskranken – festnehmen und dem Kommissariat Penzing überstellen konnte, von wo er in weiterer Folge wieder in die Anstalt zurückgebracht wurde.

„Satan von Ottakring" im Hanusch-Spital gefangen!

███ der „Satan von Ottakring", ist wieder in Haft! Ein mutiger Stationsgehilfe fing den gefürchteten Geisteskranken gemeinsam mit einem Patienten im Hanusch-Krankenhaus in Penzing, Collinstraße. ███ hatte sich in einer Toilette der HNO-Frauenabteilung versteckt. Wie berichtet, war ███ auf skandalöse Weise aus der Sonderanstalt für geistig abnorme Rechtsbrecher in Wien geflüchtet.

Daß sich der „Satan" wieder in – hoffentlich diesmal sicherem – Gewahrsam befindet, ist dem 34jährigen Stationsgehilfen Walter Gerhard vom Hanusch-Kankenhaus zu danken. Gerhard schildert der „Kronen-Zeitung", wie er den Verbrecher unschädlich machte: „Am Abend

VON WOLFGANG EXEL

gegen 21 Uhr haben zwei Patienten die Schwester der HNO-Abteilung verständigt. Sie versicherten, eine verdächtige Person, die ███ ähnlich sah, gesehen zu haben. Ein Kollege und ich haben daraufhin alle Toiletten im Pavillon 3 durchsucht. Ein Zeuge erklärte nämlich, der Verdächtige habe Klopapier um den Kopf gewickelt gehabt."

W███ gelangte schließlich zu einem versperrten Damenklo. Er fragte „Wer sind Sie?" und bekam zur Antwort: „Ich bin ein Patient der Augenabteilung und habe Durchfall." ███ legte sich daraufhin auf die Lauer und wartete, bis der Mann die Toilette verließ. ███ „Ich schlich dem Verdächtigen bis zum Pavillon 2 nach, stürzte mich dann auf ihn und packte ihn beim Arm. Fast gleichzeitig eilte auch ein Patient herbei und half mir. Ich erkannte durch die Fotos in den Zeitungen, daß der Mann ███ war. Er hat keinen Fluchtversuch unternommen. Wir lieferten ihn beim Portier ab und warteten noch, bis die Polizei kam."

Oberleutnant Veit vom Kommissariat Penzing nahm den Ausbrecher in Empfang.

(Quelle: Kronen Zeitung)

Dass dieser Mann wirklich sehr gefährlich war und ist, zeigte sich Jahre später wieder: Im Frühjahr 2014 attackierte und verletzte er im Prater auf der Straße drei ihm völlig unbekannte Frauen – eine davon mit einem „Schnitzelklopfer", den er erst am Tag davor gekauft hatte – offenbar schon in der Absicht, Frauen, auf die er offenbar einen Hass hat, damit zu verletzen. Völlig verschmutzt und verwirrt klopfte er nach diesen Taten bei einer roten Ampel an die Türe eines Busses. Lenker Ervin P. (35) ließ den dementen Mann herein – und rief die Polizei.

„War schon 1950 aktiv – Schnitzelklopfer-Mann ist „Satan von Ottakring", schrieb die Kronen Zeitung am 7.5.2014. „Die Ermittlungen nach der Verhaftung des 88-jährigen „Prater-Phantoms" – wir berichteten – hat eine schier unglaubliche Geschichte ans Licht gebracht: Bei dem Mann handelt es sich offenbar um den Straftäter Friedrich K., der sich seit den 1950er-Jahren einen langen kriminellen Lebenslauf „erarbeitet" hatte. Er machte damals als „Satan von Ottakring" Schlagzeilen.

1977 hatte K. einem Nebenbuhler mit einer Pistole in den Rücken geschossen, das Opfer überlebte schwer verletzt. Der Schütze – zu diesem Zeitpunkt 53 Jahre alt – wurde in die geschlossene Anstalt auf der Baumgartner Höhe eingewiesen. Zweimal gelang ihm von dort die Flucht. Schon damals stellten die Sachverständigen fest: Dieser Mann ist eine echte Gefahr für die Allgemeinheit. Seine kriminelle Laufbahn begann allerdings bereits noch früher – in den 50er-Jahren. Mittels gefälschter Drohbriefe brachte er sechs Frauen unschuldig hinter Gitter. Um den Geisteszustand des heute 88-Jährigen ist es offensichtlich schlecht bestellt, der Hass auf das weibliche Geschlecht dürfte tief in ihm verwurzelt sein. Im Mai 2014 attackierte der Pensionist im Wiener Prater drei Frauen – eine davon mit einem Schnitzelklopfer, den er tags zuvor gekauft hatte. Am Dienstagabend wurde Friedrich K. in einem Bus der Wiener Linien völlig verwirrt entdeckt und festgenommen. „Er war aggressiv, wir hatten Angst.“

Der Pfleger ging telefonieren, gefährlicher Gewalttäter spazierte davon . . .

„Satan von Ottakring“ auf der Flucht

Schon wieder ein unfaßbarer Justizskandal: Einer der gefährlichsten Gewaltverbrecher Österreichs, der 55jährige Friedrich K. flüchtete Freitag mittag aus der Wiener Poliklinik als

Der kriminelle Irre ist bereits einmal ausgebrochen und dennoch wurden keine Konsequenzen ge-

eingefangen, wurde der „Satan“ aber nicht besser bewacht. Freitag vormittag sollte er zu einer urolo-

Die „Krone“ berichtete unter anderem im Februar 1980 über die Flucht des „Satans von Ottakring“. (Bild: „Krone“-Archiv)

Die letzten Jahre wohnte er in einer Altbauwohnung im Wiener Bezirk Alsergrund. Dort zeigen sich die Bewohner von der Verhaftung ihres Nachbarn erleichtert: „Er war immer sehr aggressiv, vor allem Frauen gegenüber“, so eine Anrainerin, die anonym bleiben will, gegenüber der „Krone“. „Als einmal die Fenster im Haus getauscht werden sollten, trauten sich nicht einmal die Bauarbeiter in die Wohnung ...“ “

Trafik am Flötzersteig überfallen – Geld im Prater verspielt!

Anfang März 1980 überfielen zwei vorerst unbekannte Männer eine Trafik am Flötzersteig in Wien-Penzing und raubten die Tageslosung. Die 69-jährige Trafikantin stand alleine hinter dem Tresen, Kunden waren zu diesem Zeitpunkt keine im Geschäft, als ein unbekannter jüngerer Mann das Geschäft betrat, eine Pistole aus seiner Jackentasche zog und das gesamte Bargeld forderte.

Der Frau blieb nichts anderes übrig, als dem Räuber die Tageslosung aus der Kasse zu geben, worauf dieser flüchtete. Vor der Trafik befand sich ein zweiter Mann, der „Schmiere" stand. Obwohl die Trafikantin gleich nach der Flucht der beiden Täter die Polizei verständigte, verlief eine sofortige Alarmfahndung nach den beiden Tätern ohne Erfolg!

Unter meiner Leitung begannen meine Kriminalbeamten daraufhin mit intensiven Ermittlungen, die jedoch vorerst mangels Tatortspuren ebenfalls erfolglos blieben.

Einige Tage später erhielt ich einen vertraulichen Hinweis auf einen Verdächtigen, der darin gipfelte, dass ich den Räuber als einen Insassen der Sonderanstalt für geistig abnorme Rechtsbrecher im Psychiatrischen Krankenhaus Baumgartner Höhe, welches sich unweit des Tatortes befand, ermitteln konnte. Obwohl dieser vorerst jeden Zusammenhang mit der Tat leugnete, konnte ich ihm schließlich durch akribische kriminalpolizeiliche Arbeit den Raub nachweisen und ihn zu einem umfassenden Geständnis bringen.

In diesem Zusammenhang konnte von mir auch der zweite vorerst unbekannt gewesene Täter, der den „Aufpasser“ beim Trafikraub gespielt hatte, ausgeforscht, festgenommen und zu einem Geständnis gebracht werden.

Tatmotiv war, dass die beiden Täter, die zum Tatzeitpunkt Ausgang aus der Anstalt gehabt hatten, um Arbeit zu suchen, stattdessen im Prater in einem Spiellokal bei den Automaten gespielt und dort ihr gesamtes Geld verloren hatten. Und so entschlossen sie sich spontan auf dem Rückweg in die Anstalt, die Trafik zu überfallen, um wieder zu Geld zu kommen.

Detail am Rande: Weil sich die beiden Männer vor der Trafik nicht entscheiden konnten, wer von ihnen den Überfall direkt ausführen sollte und wer vor der Trafik „Schmiere“ stehen sollte, warfen sie vor dem Überfall vor der Trafik eine Münze am Boden auf („Kopf oder Adler“) und teilten danach ihre Rollen auf.

Los entschied, wer Trafik überfiel

Der Komplice des entlassenen Sonderhäftlings gefaßt

Der 22jährige Häftling der Sonderanstalt für geistig abnorme Rechtsbrecher, , der während eines Ausgangs eine 69jährige Trafikantin in Wien-Penzing überfiel, hatte auch einen Komplicen. Der zweite Täter, der 25jährige , wurde jetzt verhaftet.

Wie berichtet, hat der Sonderhäftling des Psychiatrischen Krankenhauses Baumgartner Höhe am 3. März mit einem Gasrevolver bewaffnet eine Trafik in Penzing überfallen. Erst jetzt konnte nach um-

VON ERICH SCHÖNAUER

fangreichen Erhebungen sein Komplice von der Kriminalpolizei Penzing unter Leitung von Oberleutnant Veith ausgeforscht werden. hatte Ausgang bekommen, um einen Arbeitsplatz zu suchen. Stattdessen traf er mit zusammen. Die beiden gingen gemeinsam in den Prater und verjubelten dort ihr Geld in Spielhallen. Als sie keinen Groschen Bargeld mehr hatten, planten sie den Überfall. Da sie sich nicht entscheiden konnten, wer die Tat ausführen und wer „Schmiere“ stehen sollte, warfen sie vor dem Geschäft eine Münze auf.

(Quelle: Kronen Zeitung)

Siebzehnjährige auf dem Heimweg im Park überfallen und vergewaltigt

Anfangs Juni 1980 befand sich eine 17-jährige Schülerin auf dem Heimweg. Es war noch hell und deshalb durchquerte sie ohne auch nur im Entferntesten an eine Gefahr zu denken den Matznerpark in Wien-Penzing. Trotz des hellen Tageslichts und ungeachtet, dass sich auch noch andere Personen im Park – wenn auch nicht in unmittelbarer Nähe – befanden, sprang plötzlich ein unbekannter jüngerer Mann aus einem Gebüsch auf den Gehweg, hielt dem Mädchen mit einer Hand den Mund zu und zerrte es hinter das Gebüsch, dann zog er mit der anderen Hand ein Messer aus seiner Hosentasche, hielt es dem Mädchen vors Gesicht und drohte, sie umzubringen, wenn sie auch nur einen Laut von sich geben würde. Sodann griff er ihr mit einer Hand unter ihren Rock, riss ihr gewaltsam ihr Höschen herunter und vergewaltigte sie. Als er damit fertig war, flüchtete er in Richtung Hütteldorfer Straße und ließ das weinende Mädchen zurück.

Die 17-Jährige tat das einzig Richtige in dieser Situation: Sie lief sofort in das nicht unweite Wachzimmer Leyserstraße und bat um Hilfe. Da sie eine ungefähre Persons- und Kleiderbeschreibung des unbekannten Täters angeben konnte, wurde sofort eine Fahndung nach diesem eingeleitet.

Ich war ebenfalls umgehend von dem Vorfall in Kenntnis gesetzt worden und beteiligte mich mit zwei Kriminalbeamten sofort an der Fahndung. Wir fuhren mit dem Kripo-Dienstwagen in die weitere Umgebung des Tatortes, da ich damit rechnete, dass der Täter von diesem schon etwas weiter entfernt sein müsste – und tatsächlich: Wir konnten den Täter, einen 23-jährigen Mann, im Bereich der Schanzstraße aufgrund der guten Beschreibung des Mädchens erkennen, anhalten und festnehmen. Bei einer sofortigen Gegenüberstellung des Opfers mit dem Täter wurde dieser einwandfrei als der Vergewaltiger erkannt und nach Anzeigeerstattung dem Gericht eingeliefert.

DNA-Vergleiche gab es in Österreich zu dieser Zeit noch nicht.

● Auf dem Heimweg wurde eine 17-jährige Schülerin von dem 23jährigen Franz F. aus Wien-Liesing im Matznerpark in Wien-Penzing überfallen und vergewaltigt. Der Täter konnte auf Grund der Personenbeschreibung von Oberleutnant Veith und den Kriminalbeamten Metzger und Schadler ausgeforscht werden.

(Quelle: Kronen Zeitung)

Wie ein 16-jähriges Mädchen durch Zuhälter entführt und durch akribische Kripo-Ermittlungen vor der unfreiwilligen Prostitution bewahrt wurde

Im April 1979 lernte ein erst 16-jähriges hübsches blondes Mädchen aus Bad Leonfelden (OÖ) in einem Lokal in Linz zwei für sie äußerst charmant wirkende Männer kennen – wie sich später herausstellen sollte, zwei Wiener Zuhälter. Die beiden Männer umgarnten das Mädchen mit netten und coolen Worten und konnten sie dazu bewegen, mit ihnen einen „Ausflug" mit dem Auto zu unternehmen. Als das Mädchen im Auto saß, fuhren die beiden mit ihr Richtung Wien, wobei sie auf dem Weg dorthin noch in Linz von Polizeibeamten bei einer Fahrzeugkontrolle kontrolliert wurden. Da die Beamten nichts Auffälliges bemerkten und das Mädchen auch noch nichts Böses ahnte, konnten die Männer mit dem Mädchen unbehelligt weiter fahren.

In Wien angekommen, zogen die beiden Männer mit dem Mädchen von einem Hotel zum anderen und hatten auch abwechselnd mit ihr Sex. Ziel der beiden war, das Mädchen der Prostitution zuzuführen und damit ohne redliche Arbeit rasch und unkompliziert Geld zu verdienen. Kurz darauf erhielten die Eltern des Mädchens einen Brief von ihm, dass es „... eine große Reise antreten werde ...".

Im Zuge der Fahndung, deren Spur nach Wien führte, erhielt ich einen „Zund" auf einen der Täter, der unter anderem auch eine Wohnung in Wien-Penzing hatte.

Aufgrund intensiver Ermittlungen wurde diese Wohnung ausgeforscht und von Kriminalbeamten meiner Abteilung überwacht. Als tatsächlich der Gesuchte bei der Wohnung auftauchte, wurde er von den überwachenden Kriminalbeamten festgenommen und dem Kommissariat Penzing überstellt.

Im Zuge der weiteren Ermittlungen und Einvernahmen des Festgenommenen durch meine Kriminalbeamten und mich, gab der Festgenommene an, dass er sich schon vor einigen Tagen vom zweiten Täter und dem Mädchen getrennt habe und gab einen Hinweis darauf, dass sich der zweite mit dem Mädchen wohl in der Nähe des Wiener Westbahnhofes umhertreiben und dort das Mädchen „auf den Strich schicken“ wollte – also es der Prostitution zuführen.

Durch sofortige intensive Streifungen in dem Gebiet um den Westbahnhof konnte schon einen Tag später das Mädchen mit dem zweiten Zuhälter im Bahnhof von meinen Kriminalbeamten wahrgenommen, der Zuhälter festgenommen und das Mädchen in Sicherheit gebracht werden, noch bevor es seinen Körper an „Freier“ verkauft hatte.

Die 16-Jährige, die die Gefahr, in der sie sich befand, erst zu spät erkannt hatte, war heilfroh, dass wir sie „befreit“ hatten. Sie wurde auf schnellstem Wege ihren Eltern übergeben.

Die beiden Zuhälter wurden angezeigt und dem zuständigen Gericht überstellt. Und so wurde ein junges Mädchen offensichtlich vor einem bösen Schicksal bewahrt!

2 Zuhälter entführten 16jährige: In Wien am Westbahnhof verhaftet

In Wien wurden von der Kriminalpolizei zwei Männer verhaftet, die am vergangenen Samstag die 16jährige ███ ███ aus Bad Leonfelden (OÖ) entführten und in der Bundeshauptstadt versteckt hielten. Vermutlich sollten die Eltern des vermißten Mädchens von einem der Entführer erpreßt werden.

Das blonde Mädchen lernte den 39jährigen ███ aus Wien-Penzing und den 27jährigen ███ ███ aus Wien-Fünfhaus am 21. April in Linz kennen. Seither war ███ spurlos verschwunden. Die beiden als Zuhälter bekannten Unterweltler haben – wie sich jetzt bei den Einvernahmen der Kriminalpolizei Penzing herausstellte, die 16jährige zu einem Ausflug eingeladen. Als ███ im Auto saß, fuhren die beiden Männer mit dem Mädchen nach Wien. Auf dem Weg in die Bundeshauptstadt wurde das Trio von Linzer Polizisten kontrolliert. Die Beamten ließen die drei passieren.

███ zog mit dem Mädchen von einem Hotel zum anderen. Mittwoch erhielten die Eltern einen

VON ERICH SCHÖNAUER

in Wien aufgegebenen Brief. „Ich werde eine große Reise antreten", schrieb ███ ███ vom Kommissariat Penzing erfuhr, daß einer der Entführer eine Wohnung im 14. Bezirk hat. Das Haus wurde überwacht. Im Verlauf der Fahndung erkannte ein Kriminalbeamter den gesuchten ███ und nahm ihn fest. Bei seiner Einvernahme durch ███ Oberleutnant Veith erzählte der Mann, daß er sich bereits vor Tagen von den beiden anderen getrennt hatte.

Donnerstag um vier Uhr früh wurden ███ und ███ ███ im Westbahnhof von Kriminalbeamten der Gruppe 2 aufgestöbert. ███ wurde sofort verhaftet. Die 16jährige wird zu den Eltern zurückgebracht.

„Krone" – 27. April 1979.

(Quelle: Kronen Zeitung)

Der „fleißige“ Ford-Cortina-Dieb, der letztlich doch erwischt wurde

Im Oktober 1978 häuften sich in ganz Wien Pkw-Diebstähle der Marke FORD, Type Cortina, durch unbekannte Täter. In ganz Wien wurden Fahndungsmaßnahmen getroffen, so auch in Penzing, wo ich mit den Kriminal- und Sicherheitswachebeamten besondere Ermittlungsansätze einleitete, zu denen auch verstärkte Kontrollen von Ford-Fahrzeugen und die Verwendung besonderer Fahndungsmittel gehörten.

Eines Tages wollte eine Funkstreifenbesatzung einen Lenker eines Ford Cortina anlässlich einer routinemäßigen Verkehrskontrolle checken. Als sich ein Beamter zur Fahrertüre des Pkw begab und die Fahrzeugpapiere verlangte, gab der Lenker plötzlich Vollgas und raste davon. Nur durch einen raschen Sprung zur Seite konnte sich der Polizist vor dem Überfahren werden retten. Eine Sofortfahndung verlief vorerst negativ – es konnten weder Fahrzeug noch Lenker gefunden werden.

Aufgrund von Fotos aus der Polizeidatei konnte jedoch der Fahrer von dem Beamten identifiziert und zur Fahndung ausgeschrieben werden.

Am nächsten Tag war der Autodieb wieder mit einem Ford Cortina unterwegs, verursachte an einer Kreuzung in Wien-Penzing einen Verkehrsunfall mit Sachschaden und flüchtete. Mehrere Unfallzeugen identifizierten an Hand des Fotos wieder den bereits verdächtigen Mann, der jedoch nirgends gemeldet war.

Im Zuge intensiver Fahndungen konnten von den Kriminalbeamten der Penzinger Gruppen 3 und 4 und mir schließlich der gesuchte Autodieb auf offener Straße in Penzing erkannt und festgenommen werden. Bei seiner Einvernahme gestand der Verdächtige noch in derselben Nacht 31 Pkw-Diebstähle der Marke Ford-Cortina in ganz Wien, mit einer Schadensumme von über 400.000 Schilling. Außerdem besaß er auch gar keinen Führerschein. Der Täter wurde dem Landesgericht für Strafsachen Wien eingeliefert.

Freitag, 24. November 1978 — LOKA

Ein 25jähriger stahl 31 Ford Cortina

Wien: Bei Unfall Autodieb gefaßt!

Seit einem Monat jagte die Wiener Polizei den 25jährigen [geschwärzt] aus Wien-Penzing, der sich auf den Diebstahl von Autos der Marke Ford Cortina spezialisiert hatte. 31 Ford Cortina waren innerhalb von vier Wochen in ganz Wien gestohlen worden. In der Nacht zum Donnerstag wurde der Autodieb von der Kriminalpolizei Penzing verhaftet.

Als sich die Cortina-Diebstähle immer mehr häuften, wurden in ganz Wien Spezialmaßnahmen zur Fahndung getroffen. Zuerst vermutete die Polizei eine organisierte Bande hinter der Diebstahlsserie. Am Dienstag wurde von einem Funkstreifenwagen im Rahmen der verstärkten Verkehrsüberwachung ein Cortina angehalten. Als der Polizist zum Fenster des Fahrers kam und die Fahrzeugpapiere verlangte, gab der Lenker Vollgas und raste davon. Er konnte vorerst unerkannt entkommen. Der Fahrer hatte aber nicht damit gerechnet, daß ihn der Polizist auf Grund von Fotos identifizieren konnte.

VON ERICH SCHÖNAUER

Am Mittwoch war der Autodieb an einem Verkehrsunfall bei der Kreuzung Wurmsergasse-Goldschlagstraße in Wien-Penzing beteiligt. Er beging wieder Fahrerflucht. Mehrere Unfallzeugen konnten den Flüchtigen ebenfalls mit Hilfe von Fotos identifizieren. Von Kriminalbeamten der Gruppen III und IV unter Leitung von Oberleutnant [illegible] konnte daraufhin der 25jährige [geschwärzt] aus der Goldschlagstraße in Wien-Penzing als der langgesuchte Cortina-Dieb verhaftet werden. Bei seiner Einvernahme [geschwärzt] vom Kommissariat Penzing gestand er noch in der Nacht 31 Pkw-Diebstähle. Der Schaden beträgt fast 400.000 S. Der Autodieb besitzt keinen Führerschein.

(Quelle: Kronen Zeitung)

Zwar unglaublich – aber doch wahr: Fast genau ein Jahr danach wieder eine Ford-Diebsbande ausgeforscht

Fast genau ein Jahr nach der oben geschilderten Geschichte wurden in Wien-Penzing und den Nachbarbezirken wieder etliche Pkw der Marke Ford von vorerst unbekannten Tätern gestohlen. Einer aufmerksamen Bürgerin, die in der Linzerstraße wohnte, fiel eines Nachts auf, dass sich ein junger Bursche an einem dort abgestellten Pkw zu schaffen machte, der definitiv nicht ihm gehörte. Nachdem die Dame die Polizei verständigt hatte, konnte der Verdächtige flüchten, ehe die ersten Funkwagen am Tatort eintrafen.

Durch mich wurde sofort eine umfassende Fahndung nach dem Täter, von dem eine ungefähre Personsbeschreibung vorlag, eingeleitet. Nach etwa einer Stunde intensiver Fahndung in Penzing und den angrenzenden Bezirken konnte der Verdächtige tatsächlich von uns ausgeforscht und festgenommen werden. Bei der Personsdurchsuchung konnte Einbruchswerkzeug bei ihm gefunden und sichergestellt werden. Wiewohl der Festgenommene – ein erst 17-Jähriger – vorerst leugnete, mit dem Vorfall zu tun zu haben, legte er bei den Einvernahmen schließlich doch ein Geständnis ab.

Nicht nur den in der Linzerstraße abgestellten Wagen wollte er stehlen, sondern er gab auch noch weitere Diebstähle von Ford-Pkw zu, die er auf Anleitung eines 32-Jährigen gemeinsam mit diesem und einem weiteren (15-jährigen) Täter begangen hatte. In den meisten Fällen wurden nachgemachte Schlüssel verwendet – manchmal wurden die Autos aber auch aufgebrochen. Die nachgemachten Schlüssel wurden nach der Tat meist im hochwasserführenden Wienfluss „entsorgt“. Insgesamt waren 27 Ford-Fahrzeuge von den Tätern gestohlen worden.

„Krone“ – 1979, November

Frau half Polizei beim Ausforschen

Ford-Bande in Penzing gefaßt

Auf den Diebstahl von Personenwagen der Marke „Ford“ hatte sich der 32jährige █████ aus Wien-Penzing spezialisiert. Mit seinen beiden Komplizen, einem Fünfzehnjährigen und einem Siebzehnjährigen, stahl er insgesamt 27 Fahrzeuge.

Durch eine aufmerksame Hausbewohnerin in der Linzer Straße in Wien-Penzing flog die „Ford-Bande“ auf. Sie beobachtete, wie der 17jährige █████ an einem Ford-Pkw, der nicht ihm gehörte, hantierte. Die Frau verständigte die Polizei, doch konnte der Täter flüchteten, bevor die ersten Funkstreifen am Tatort eintrafen. Bei einer Großfahndung konnte der Flüchtige nach einer Stunde ausgeforscht und festgenommen werden.

Bei seiner Einvernahme im Kommissariat Penzing durch Oberkommissar Dr. Modler und Oberleutnant Veith gab der Siebzehnjährige die Namen seiner Komplizen bekannt. Er gestand, daß sie die Autos meist mit Nachschlüssel öffneten. Seinen Schlüssel warf der Dieb auf der Flucht in den hochwasserführenden Wienfluß. Von den Kriminalbeamten Kuzina und Ber wurden die beiden anderen Täter, der 32jährige █████ und der erst 15jährige █████, festgenommen.

(Quelle: Kronen Zeitung)

Die „Villenmarder“ von Penzing
(Eine fleißige „Jugendgang“)

Im Frühjahr 1979 fanden in drei aneinandergrenzenden Bezirken – Ottakring, Penzing und Hietzing – zahlreiche Einbrüche in Villen, aber auch in etliche Firmenbüros und Verkaufskioske statt, bei denen durch unbekannte Täter relativ große Beute gemacht worden war. Umfangreiche Erhebungen der Kriminalbeamten aller drei Bezirke in den betroffenen Gebieten und zahlreiche Streifungen dort brachten vorerst keinen Erfolg – die Täter waren stets schneller und schlauer. Die Liste der gestohlenen Gegenstände – Bargeld, Schmuck, Münzen, Funkgeräte, Radioapparate, Waffen und Silberbestecke – wurde immer länger und länger.

Der einzige Anhaltspunkt war, dass die unbekannten Täter stets ohne Gewaltanwendung in die Räume gekommen waren – wie aus der Spurenlage zu schließen war, offensichtlich durch kleinste Öffnungen von Oberlichten, Lüftungsschächten und Kellerfenstern. Daraus schlossen der den Akt führende Jurist und ich, dass es sich wohl bei den Tätern entweder um kleinwüchsige Menschen oder aber um Kinder handeln müsse.

Durch meine Kriminalbeamten wurden daher sowohl im eigenen Bezirk, wie auch an den Tatorten in den beiden Nachbarbezirken umfangreiche Ermittlungen und vor allem auch Befragungen der Anrainer der Tatorte durchgeführt, die ergaben, dass immer, ehe ein Einbruch stattfand, Kinder in der Nähe gesehen worden waren, was unsere Vermutung bestärkte.

Durch die bei diesen Befragungen ermittelten genauen Personsbeschreibungen und unsere Personalkenntnisse gelang es uns, einen der Täter, einen 14-jährigen Buben auszuforschen und festzunehmen. Durch die Befragungen dieses Jugendlichen stellte es sich heraus, dass es sich tatsächlich um einen der Täter handelte. Nach und nach wurden alle Beteiligten ausgeforscht und festgenommen: eine richtige Bande aus Jugendlichen im Alter zwischen 14 und 15 Jahren – alle aus Penzing stammend.

Der 15-jährige „Anführer" hatte mit den anderen eine regelrechte Einbrecherbande gebildet, die nach und nach alle Straftaten zugaben. Außer den Einbrüchen hatten sie auch noch Kassen von Zeitungsständern aufgebrochen und daraus das Geld entnommen und einmal in einer Kirche mit einer sogenannten „Leimspindel" aus einem Opferstock eine 1.000-Schilling-Note herausgefischt. Sie hatten kurz zuvor eine alte Frau dabei beobachtet, wie sie die Banknote in den Opferstock steckte.

Insgesamt handelte es sich um sieben Täter, die einen Gesamtschaden von über 400.000 Schilling verursacht hatten. Sie wurden alle dem Jugendgericht Wien angezeigt.

Seite 12 „Krone" – 4. Mai 1979

Einer der Bestohlenen ist der Ex-TV- [geschwärzt]

Villenmarder von Penzing sind erst 14 und 15 Jahre alt

Bei Ex-Fernsehintendant [geschwärzt] erbeuteten sie Schmuck und Münzen, bei einem bekannten Arzt 150.000 Schilling Bargeld – seit Wochen terrorisierte eine Einbrecherbande die Villenbesitzer in drei Wiener Bezirken. Jetzt gingen die „Villenmarder" – sieben Buben im Alter von 14 und 15 Jahren – den Kriminalisten von Penzing ins Netz.

VON PETER STRASSER

Der Bandenchef, Michael A., ist ganze 15 Jahre alt, seine Komplicen sind großteils erst 14. Seit Mitte März verübten die Jugendlichen nicht weniger als 40 Einbrüche in Büroräume und Kioske. Vor allem bevorzugten sie aber Villen in Hietzing, Penzing und Ottakring, wobei sie die Tatorte vor ihren Plündertouren genau auskundschafteten.

Wochenlang jagte die Polizei vergeblich nach den raffinierten „Villenmardern", und die Liste des Diebsgutes – von Münzen über Schmuck, Bargeld, Funkgeräten und Radioapparaten bis zu Silberbesteck – wurde täglich länger. Und es gab für die Kriminalisten nur einen Anhaltspunkt: Den Tätern gelang es immer wieder, ohne Gewaltanwendung durch kleinste Öffnungen von Oberlichten oder Lüftungsschächten in die Wohnungen einzudringen.

Daraus schlossen Dr. Fehervary und Oberleutnant Veith vom Polizeikommissariat Penzing auf eine Bande von Kindern oder Jugendlichen. Die Kriminalbeamten der Gruppe 3 begannen mit Befragungen in den Villengegenden der betroffenen Bezirke und erfuhren von Nachbarn der Geschädigten, daß vor jedem Einbruch Kinder „umherspioniert" hätten. Genaue Personsbeschreibungen führten schließlich zu der Jugendbande.

Michael A. und seine Komplicen Uwe T., Freddy O., Horst N., Andreas R., Robert K. und Helmut J. – alle stammen aus dem 14. Bezirk – wurden festgenommen. Außer der Serie von Einbrüchen, bei denen ein Gesamtschaden von 400.000 Schilling angerichtet wurde, gaben die Jungeinbrecher auch zu, regelmäßig die Kassen von Zeitungsständern geknackt zu haben. Bandenchef Michael A. war besonders stolz auf die Beute aus einer Kirche in Ottakring: Mit einer Leimspindel hatte er aus einem Opferstock eine 1000-Schilling-Note gefischt …

(Quelle: Kronen Zeitung)

Die Einbrecher mit dem „Weihnachtsrabatt“

Kurz vor Weihnachten 1979 fuhren ein Kollege und ich im Rahmen einer Bezirksstreife nachts durch Straßen von Penzing, als wir gegen 04.30 Uhr früh in der Märzstraße – einer eher nachts nicht sehr stark befahrenen Straße – zwei Männer bemerkten, die zwei schwer scheinende Sporttaschen mit sich trugen.

Da mir dies um diese Zeit verdächtig erschien, hielten wir die beiden jungen Männer an und kontrollierten sie. Dabei kam zutage, dass sich in den mitgeführten Taschen etliche Gegenstände befanden – unter anderen ein portabler Fernseher, eine Autofunkanlage – die in mir den Verdacht nährten, dass es sich um durch Straftaten erlangte Sachen handeln könnte.

Wiewohl die beiden Männer versuchten, glaubhaft zu erklären, dass sie die Gegenstände gekauft hätten, verstrickten sie sich bei der Befragung in Widersprüche und wurden von uns – da der Verdacht von Einbruchsdiebstählen dringend gegeben war – festgenommen und dem Polizeikommissariat Penzing überstellt.

Bei den sofort am Kommissariat von meinem Kollegen und mir getrennt durchgeführten Einvernahmen gaben die beiden Männer unabhängig voneinander nach anfänglichem hartnäckigen Leugnen schließlich zu, dass sie in derselben Nacht einige Zeit zuvor im Einkaufszentrum „Ekazent Hietzing“ im 13. Bezirk einen Einbruchsversuch in ein dort befindliches Geschäft unternommen hatten.

Gerade aber als sie mitten im Einbruchsversuch waren, wurden sie von zwei auf Fußstreife befindlichen uniformierten Polizeibeamten überrascht, konnten jedoch vorerst unerkannt flüchten.

Da sie beim ersten Einbruchsversuch also erfolglos geblieben waren, gaben sie aber nicht einfach auf, sondern verübten noch immer in Hietzing den nächsten – diesmal erfolgreichen – Einbruch in einen dort abgestellten Pkw mit Tiroler Kennzeichen, woraus sie den bei ihnen dann vorgefundenen Portable-Fernseher, die Funkanlage und andere elektronische Geräte (die in den mitgeführten Taschen sichergestellt worden waren) im Wert von etwa einer Million Schilling erbeuteten.

Auf dem Weg durch die Märzstraße bis zu ihrer Anhaltung durch uns, erbeuteten sie bei weiteren Einbruchsdiebstählen in drei Pkw und einen Lkw noch andere Gegenstände, die sich ebenfalls in den mitgeführten Taschen befanden.

Bei den weiteren folgenden Vernehmungen durch Kriminalbeamten der zuständigen Kriminalbeamtengruppe gaben die beiden festgenommenen Täter noch weitere 100 Einbruchsdiebstähle aus Kraftfahrzeugen, Geschäften, Trafiken und Würstelständen zu.

Zudem gaben sie an, dass sie etliche Gegenstände aus den vorigen Einbrüchen bereits mit einem „Weihnachtsrabatt“ an mehrere Personen, die ihnen teilweise unbekannt waren, in Lokalen etc. verkauft hätten.

Im Laufe der weiteren Erhebungen konnten noch weitere Mittäter der Einbrüche festgenommen werden. Zwei ausgeforschte Hehler, die Diebesgut gekauft hatten, wurden von uns ebenfalls ausgeforscht und auf freiem Fuß zur Anzeige gebracht – genauso ein erst 15-jähriger Mittäter.

Der Gesamtschaden betrug mehr als vier Millionen Schilling.

Seite 14 „Krone" – 25. Dezember 1979

Bande verkaufte zu Schleuderpreisen

Diebsbeute mit Weihnachtsrabatt

Eine Serie von mehr als hundert Einbruchsdiebstählen konnte von der Kriminalpolizei Wien-Penzing geklärt werden. Die fünfköpfige Bande schlug vor allem in den Bezirken Hietzing, Penzing, Fünfhaus und Ottakring zu. Die Beute wurde von Hehlern in verschiedenen Lokalen Wiens mit einem „Weihnachtsrabatt" verkauft. Der Schaden: 500.000 Schilling.

Bei einer Bezirksstreife nahmen Oberleutnant Veith und Bezirksinspektor Dreischock um halb fünf Uhr früh in der Märzstraße den 20jährigen und den 18jährigen fest. Die beiden kamen gerade von einem Autoeinbruch in Hietzing zurück und hatten noch die Beute – einen

VON ERICH SCHÖNAUER

Fernsehportable, eine Autofunkanlage und einen Taschenrechner – bei sich. Sie behaupteten zuerst: „Die Sachen haben wir gekauft!"

Schon bald stellte sich jedoch heraus, daß die beiden zuerst im „Ekazent" in Hietzing in einem Geschäft einbrechen wollten. Als sie aber von zwei Polizisten dabei überrascht wurden, ergriffen sie die Flucht und brachen in der Eduard-Klein-Gasse vor einem Hotel einen Tiroler Pkw auf. Sie schlugen eine Scheibe ein und stahlen den Fernseher und die Funkanlage. Elektronische Geräte im Wert von einer Million Schilling, die der Vertreter aus Tirol im Auto hatte, übersahen

straße brachen sie noch einen Autobus, einen Lkw und drei weitere Personenwagen auf. Wenige Meter vor dem Wohnhaus wurden sie verhaftet.

Bei den weiteren Einvernahmen, die im Kommissariat Penzing von den Gruppeninspektoren Prilisauer und Truschnigg durchgeführt wurden, gaben die beiden Täter noch weitere hundert Einbruchsdiebstähle in Autos, Geschäften, Trafiken und Würstelständen zu. Einen tragbaren Fernsehapparat im Wert von 2500 Schilling verkauften sie mit „Weihnachtsrabatt" um 400 Schilling. Im Lauf der umfangreichen Erhebungen konnten noch drei weitere Täter ausgeforscht werden. Der 18jährige aus Penzing und der 18jährige aus Fünfhaus wurden verhaftet. Der 15jährige Ewald R. aus Penzing, den die Bande im Park kennengelernt hat, wurde auf freiem Fuß angezeigt. Auch die beiden Hehler, der 41jährige Adolf B. aus Wien-Wieden und der 45jährige Albert St. aus Penzing, kamen

(Quelle: Kronen Zeitung)

Die „Wiedereinbringung“ des aus der Obhut der Anstalt für geistig abnorme Rechtsbrecher geflüchteten Mörders

Durch Justizreformen waren in den Zeiten um 1975 herum verschiedene Maßnahmen im Strafrecht durch den damaligen Justizminister Dr. Christian Broda, entwickelt und umgesetzt worden – davon unter anderen auch die Einweisung abnormer (also geistig beeinträchtigter) Straftäter in eine Sonderanstalt für geistig abnorme Rechtsbrecher, anstatt in den normalen Strafvollzug – also Gefängnis. Diese befand sich im Jahre 1979 im Pavillon 23 des Psychiatrischen Krankenhauses Baumgartner Höhe – Am Steinhof – in Wien-Penzing.

Im Oktober 1979 flüchtete ein in dieser normalerweise streng bewachten Sonderanstalt untergebrachter geisteskranker Mörder durch Leichtsinn eines ihn bewachenden Pflegers dieser Anstalt auf einfache Weise. Der Mann war zu diesem Zeitpunkt schon seit mehr als fünf Jahren wegen Schwachsinns ein Pflegefall gewesen und wegen dieser Krankheit in der Psychiatrischen Klinik in Ybbs untergebracht gewesen. Dort erdrosselte er einen taubstummen Mitinsassen mittels eines Handtuches auf der Toilette und wurde deswegen wegen Mordes angeklagt. Wegen geistiger Zurechnungsunfähigkeit während der Tat wurde er statt einer Verurteilung zu Gefängnis vom Gericht in die oben erwähnte Sonderanstalt eingewiesen. Schon damals prangerte der Richter in dieser Gerichtsverhandlung die damaligen Krankenpfleger an, weil sie nach seiner Ansicht durch mehr Achtsamkeit das Leben des Getöteten hätten retten können.

Nun in dieser geschlossenen Anstalt untergebracht, klagte er eines Morgens über starke Zahnschmerzen und sollte deshalb zur Behandlung in einen anderen Pavillon des Psychiatrischen Krankenhauses, wo derartige Behandlungen vorgenommen wurden, unter strenger Bewachung gebracht werden. Ein kräftig gebauter Pfleger der Sonderanstalt brachte den Mann zu dieser Behandlung. Im zuständigen Bereich des nicht geschlossenen und frei zu betretenden und zu verlassenden Pavillons angekommen, mussten die beiden kurz im Wartezimmer Platz nehmen.

Was nützt jedoch die noch so kräftige Statur eines überwachenden Pflegers, wenn ein menschliches Bedürfnis diesen Vorteil außer Kraft setzt? Der Pfleger musste urinieren und suchte die dort befindliche Toilette auf – nicht ohne dem von ihm zu überwachenden „Untergebrachten" eindringlich einzuschärfen, auf ihn zu warten, bis er sein „Geschäft" erledigt hätte.

Es kam, wie es kommen musste: Als der Pfleger nach Verrichtung seiner Notdurft wieder aus dem WC auf den Flur kam, war der zu Überwachende natürlich nicht mehr da! Ausgebüxt – ungehindert ins Freie gelangt und vorerst verschwunden! Von der Sonderanstalt wurde nach vorerst erfolgloser Suche am Areal des Spitals durch eigene Pfleger erst nach einiger Zeit die Polizei verständigt, da man sich für die banale Flucht „genierte" und so erfuhr auch ich von der Flucht des geisteskranken Mannes.

Laut Auskunft der ärztlichen Leitung der Sonderanstalt wurde der Mann als äußerst gefährlich beschrieben und mitgeteilt, dass es nicht ausgeschlossen sei, dass er völlig grundlos jemanden angreifen oder sogar töten könnte.

Von mir wurde sofort eine umfangreiche Großfahndung sowohl im Bereich des Krankenhauses, wie auch in der Umgebung sowie im ganzen 14. Bezirk eingeleitet und ich beteiligte mich mit zwei Kriminalbeamten meiner Abteilung ebenfalls an der Suche nach dem Entwichenen. Nach längerer vorerst erfolgloser Streifung im weitläufigen Gelände konnte der Gesuchte schließlich, halb unter einer Bank in der Kirche Am Steinhof versteckt, von uns wahrgenommen werden. Als wir uns ihm annäherten, versuchte er noch, hinter die Kirche zu flüchten, konnte jedoch nach kurzer Flucht und Gegenwehr von uns eingeholt und in Gewahrsam genommen werden, worauf er wieder in die Anstalt zurückgebracht wurde.

Eine potenzielle Gefahr für die Allgemeinheit war gebannt! Der nicht zurechnungsfähige Mann hätte jederzeit wieder jemanden grundlos umbringen können und wäre dafür nicht einmal schuld- und straffähig gewesen!

Samstag, 13. Oktober 1979 — LOKALES

Wiener Polizei konnte ihn nach Großfahndung in einer Kirche aufstöbern

Ein irrer Mörder flüchtete aus Klinik für geistig abnorme Rechtsbrecher

Schon wieder Skandal in einer Wiener psychiatrischen Anstalt: Ein irrer Mörder konnte im Krankenhaus Baumgartner Höhe entkommen, während der zur Bewachung eingeteilte Pfleger auf der Toilette saß! Der geisteskranke Verbrecher wurde erst nach zweistündiger Großfahndung in einer Kirche gefaßt. Experten sagen: „Die Sicherheitsvorkehrungen sind miserabel ..."

Das psychiatrische Krankenhaus Baumgartner Höhe in Wien-Penzing wurde durch Reformen des Justizministers Broda zur „Sonderanstalt für geistig abnorme Rechtsbrecher" und damit zum Sammelbecken geisteskranker Gewalttäter aus

VON HANNES KRAUTZER

ganz Österreich. Obwohl man glauben sollte, daß hier die Bewachung der gefährlichen Irren rigoros ist, zeigte Freitag ein skandalöser Vorfall, wie leger es auf der Baumgartner Höhe zugeht.

Seit mehr als fünf Jahren ist der 23jährige ███ ein Pflegefall. Diagnose: Schwachsinn. Und als Kranker wurde er auch zum Mörder. In der psychiatrischen Klinik in Ybbs (NÖ) erdrosselte er einen Taubstummen mit einem Handtuch auf der Toilette. Beim Prozeß im Mai dieses Jahres prangerte der Richter die Krankenpfleger an, weil sie „durch größere Achtsamkeit ein Menschenleben hätten retten können". ███ wurde nach dem Mord auf die Baumgartner Höhe überstellt.

Freitag früh klagte er in seiner Unterkunft im Pavillon 23 über Zahnschmerzen. Der Krankenpfleger ███ bekam den Auftrag, ███ in den abseits gelegenen Pavillon „W" zum Arzt zu führen. Dort angelangt, dachte ███ aber weniger an seine Verantwortung, als an „menschliche Nöte". Er sagte noch zu ███: „Warte auf mich", dann sperrte er die Toilettentüre hinter sich zu.

Als Pfleger ███ wieder aus dem WC trat, fehlte vom Mörder jede Spur. Er war geflüchtet. Sofortiger Großalarm hatte keinen Erfolg. Auch die Polizei, die den halben Bezirk Penzing abriegelte, fand nichts. Erst als Kriminaloberleutnant Veith und seine Beamten Dreischock und Prilisauer eine Kirche bei der psychiatrischen Anstalt durchstöberten, war ███ entdeckt. „Er saß auf einer Bank und tat, als ob er betete", erzählten die Kriminalisten später.

Diese Flucht kann sich auf der Baumgartner Höhe nach Ansicht von Experten jederzeit wiederholen: „Es gibt kaum Bewachungspersonal, die Kranken dürfen bei Außenarbeiten fast völlig frei herumlaufen ..."

(Quelle: Kronen Zeitung)

Der „Gasthausschreck von Wien“ – Nach wilder Verfolgungsjagd gefasst!

Seit Anfang des Jahres 1980 wurden in ganz Wien in mehr als einem Dutzend Gasthäuser von unbekannten Tätern Einbrüche verübt und dabei Geld und Gegenstände im Wert von mehr als 300.000 Schilling erbeutet.

Die Taten wurden stets mit dem gleichen „modus operandi“ verübt: Eine Oberlichte des jeweiligen Lokals wurde entweder aufgebrochen oder die Fensterscheibe zerschlagen, wodurch der Täter in das Innere des Lokals klettern und dort seine Beute machen konnte.

Im Juli 1980 wurde in Wien-Penzing – in der Goldschlagstraße – eine Hauspartei, die in der Nacht bei geöffnetem Fenster schlief, durch Klirren einer Fensterscheibe um etwa 02.30 Uhr früh aus dem Schlaf gerissen. Als die Frau aus dem Fenster sah, bemerkte sie, wie ein Mann versuchte, durch eine Oberlichte in ein dort befindliches Gasthaus einzusteigen, und rief über den Notruf sofort die Polizei an.

Beim Eintreffen des zuständigen Funkwagens nach kurzer Zeit am Tatort konnte der Täter zunächst flüchten und kletterte über einen Zaun in das Gelände des im nahe befindlichen Matznerpark befindlichen Kinderfreibades.

Durch die Beamten mehrerer Funkwägen wurde das Areal des Bades umstellt und durchsucht und der Geflüchtete konnte in einem Versteck aufgefunden und festgenommen werden.

Im Funkwagen streifte der Verdächtige seine beim Einbruch verwendeten Handschuhe scheinbar unauffällig ab und wollte sie in einem Spalt der Rücksitzbank verschwinden lassen, was jedoch von den aufmerksamen Funkstreifenbeamten bemerkt wurde. Zur Rede gestellt behauptete er, dass die Handschuhe gar nicht ihm gehörten und schon im Wagen gelegen wären, was jedoch von den Beamten eindeutig widerlegt werden konnte.

Durch meine Kriminalbeamten wurden sofort umfangreiche Vernehmungen des Festgenommenen durchgeführt. Nach zweitägigem hartnäckigen Leugnen, legte er schließlich ein volles Geständnis ab und gab zu, dass er in mehreren Bezirken Wiens seit Anfang des Jahres die Einbruchsdiebstähle mittels Einsteigens durch Oberlichten in mehr als zwölf Gastlokale begangen habe. Einen Mittäter habe er nicht gehabt und konnte ein solcher ihm im Laufe der Ermittlungen auch nicht nachgewiesen werden.

Selbst vor Einbrüchen „vor den Augen der Polizei“ war der Mann nicht zurückgeschreckt: Zweimal hatte er gegenüber des Polizeikommissariates Floridsdorf in ein Gasthaus mit demselben „modus operandi“ eingebrochen und war dabei nie erwischt worden.

Detail am Rande: Da er das dort erbeutete Diebesgut nicht auf einmal abtransportieren hatte können, kam er noch zweimal wieder zum Tatort zurück und „spazierte“ daher insgesamt dreimal mit den erbeuteten Schnapsflaschen ungehindert vor dem dortigen Wachzimmer vorbei! Der Einbruch in Penzing besiegelte letztlich sein „Schicksal“.

„Krone" – 25. Juli 1980

Seite 13

Der Gasthausschreck wurde endlich gefaßt!

Der Oberlichteneinbrecher, der seit Anfang dieses Jahres in einem Dutzend Wiener Gasthäusern mehr als 300.000 Schilling erbeutete, konnte nach einer wilden Verfolgungsjagd in einem Kinderfreibad in Penzing gefaßt werden. Der 31jährige Bäckergeselle [geschwärzt] aus Wien-Floridsdorf legte nach seiner Verhaftung ein umfassendes Geständnis ab.

Wie bereits berichtet, wurde der Profieinbrecher von einer Hauspartei beobachtet, wie er die Oberlichte eines Gasthauses in der Goldschlagstraße zerschlug. Die Frau war durch das Klirren der Fenster-

VON ERICH SCHÖNAUER

scheiben um halb drei Uhr früh aus dem Schlaf geschreckt worden. Von der Funkstreife „Norbert 1" wurde die Verfolgung des Gauners aufgenommen. Er versuchte im Reinlpark unterzutauchen und kletterte über den Zaun ins Kinderfreibad. Nach der Festnahme bemühte er sich im Funkwagen, seine Handschuhe verschwinden zu lassen. Als die Beamten das bemerkten, behauptete er: „Die gehören ja gar nicht mir." Bei den Einvernahmen im Kommissariat Penzing durch Beamte der Gruppe 3 und Oberleutnant Veith stritt er zuerst alles ab. Erst nach zwei Tagen gab er sein hartnäckiges Leugnen auf und legte nieder. Der bereits mehrfach vorbestrafte Gauner gestand bisher zwölf Einbruchsdiebstähle in Wiener Gasthäusern. Er stieg immer durch die Oberlichte ein und nahm mit, was er tragen konnte. Er schreckte selbst vor Einbrüchen vor den Augen der Polizei nicht zurück. Zweimal brach er schräg gegenüber dem Polizeikommissariat Floridsdorf ein. Da er das Diebsgut nicht auf einmal abtransportieren konnte, marschierte er dreimal vor dem Wachzimmer mit dreißig Flaschen Schnaps vorbei.

(Quelle: Kronen Zeitung)

Die versuchte Schutzgelderpressung

In einem Café in Penzing ereignete sich in den 1990er-Jahren ein Versuch, unter Drohungen Schutzgeld zu erpressen!

Eines Tages betraten zwei kräftig aussehende Männer mit dicken Goldketten am Hals das Lokal, nahmen an einem Tisch Platz und verlangten, den Besitzer zu sprechen. Als dieser sich zu ihnen setzte, gaben sie ihm zu verstehen, dass dies ein sehr schönes Lokal sei und es wohl schade wäre, wenn dieses demoliert würde oder dem Besitzer und seinem Personal „etwas zustoßen würde“!

Da meine Mitarbeiter und ich damals auch schon gute Kontakte zur Bezirksbevölkerung und auch zu den diversen Geschäften und Lokalen im Bezirk hatten – ohne uns damals Bezeichnungen wie „Grätzelpolizei“ oder ähnliches zu geben – wandte sich der betreffende Lokalbesitzer an mich und bat um Hilfe.

Als erste Sofortmaßnahme begab ich mich mit ihm zum damaligen Büro für Erkennungsdienst, Kriminaltechnik und Fahndung (EKF) und konfrontiere ihn mit den Lichtbildern einschlägig vorbestrafter Täter, was jedoch negativ verlief – der Cafetier erkannte darauf keinen der Täter, die bei ihm im Lokal waren.

Weil es sich bei einer Schutzgelderpressung um ein Kapitalverbrechen handelte, welches in die Kompetenz des Wiener Sicherheitsbüros fiel, vermittelte ich den Mann an die zuständige Kriminalbeamtengruppe des Sicherheitsbüros, welche die weitere Amtshandlung übernahm.

Da die beiden Täter angekündigt hatten, in den nächsten Tagen wieder in das Café zu kommen, um abzukassieren und aufgrund der Drohungen auch nicht ausgeschlossen werden konnte, dass diese den Cafetier oder seine Familie beobachten und allenfalls an deren Wohnort oder auf dem Weg vom und zum Café „abpassen" und ihnen etwas antun könnten, wurde nach der Anzeigeerstattung ein Team von jeweils zwei Kriminalbeamten des Sicherheitsbüros zur Überwachung eingerichtet, die den Cafetier jeweils vom und zum Wohnort bzw. Café unauffällig überwachten.

Tatsächlich saßen die beiden Kriminalbeamten eines Tages im Zuge dieser Überwachung im besagten Lokal, als die beiden schon oben beschriebenen Täter das Lokal betraten. Sie begehrten wieder, den Lokalbesitzer zu sprechen und als sich dieser zu ihnen setzte, verlangten sie unumwunden eine bestimmte monatliche Geldsumme, die sie kassieren wollten, damit der Lokalbesitzer, seine Familie und das Lokal selbst „keinen Schaden" erleiden würden!

Eine klassische Schutzgelderpressung wie aus dem Bilderbuch, sozusagen! Die beiden Kriminalbeamten schritten sofort ein und nahmen die beiden Männer, die vergeblich kurzen, aber heftigen Widerstand leisteten, fest. Mithilfe der auch sofort angeforderten uniformierten Kräfte konnte die Festnahme vollzogen werden und die Täter wurden in das Sicherheitsbüro gebracht.

Im Zuge der dort durchgeführten Einvernahmen und

Konfrontation mit einschlägigen ungeklärten ähnlichen Fällen wurden den beiden und noch fünf weiteren Tätern insgesamt 14 weitere derartige Taten in den vergangenen Monaten nachgewiesen und durch Geständnisse der Beteiligten untermauert.

Einige der erpressten Lokalbesitzer hatten teilweise schon Geldbeträge an die Verbrecher bezahlt!

Wie eine von mir empfohlene „stille“ Alarmanlage einem Einbrecher zum Verhängnis wurde

In demselben Café ereignete sich auch Folgendes: Nachdem zuvor in diesem Lokal schon einige Male durch unbekannte Täter Einbrüche verübt worden waren, wandte sich der Besitzer mit der Bitte um kriminalpolizeiliche Beratung an mich. Abgesehen davon, dass meine Kriminalbeamten und ich im Zuge von Streifungen des Nachts dort öfter Nachschau hielten, empfahl ich die Installation einer sogenannten „stillen Alarmanlage“. Dabei handelte es sich um eine Alarmanlage, die bei Aktivierung keinen lauten Sirenen-Licht-Alarm auslöst, sondern durch technische Einrichtungen direkt die Polizei und den Lokalbesitzer alarmierte.

Der Lokalbesitzer befolgte meinen Rat und ließ durch eine kompetente Firma eine derartige Alarmanlage in sein Lokal einbauen. Dabei gab er gegenüber dem Personal an, dass es sich um Reparaturarbeiten an Leitungen handeln würde, damit niemand außer ihm im Lokal wusste, dass eine Alarmanlage installiert wurde.

Die besagte Alarmanlage war erst seit zwei Tagen installiert, als auch schon eines Nachts, kurz nachdem das Lokal durch die Kellnerin verlassen und verschlossen worden war, stiller Alarm ausgelöst wurde.

Da ich wieder mal mit meinem Privatwagen und Funkgerät in der Nähe unterwegs war, traf ich gleichzeitig mit den beiden von der Funkstelle dorthin entsendeten Funkwägen der Sicherheitswache beim Lokal ein – kurz darauf war auch schon der Lokalbesitzer, dessen Wohnung nicht weit entfernt war, eingetroffen.

Offenbar hatte der vorerst unbekannte Einbrecher die Situation beobachtet und war nach dem Weggehen der Kellnerin durch den Hauseingang zur Hintertüre des Lokals gelangt, die er gewaltsam aufbrach und in das Café gelangte. Sodann begab er sich zu dem im Lokal aufgestellten Spielautomaten (solche waren damals noch erlaubt), riss gewaltsam die Geldlade aus dem Gerät und flüchtete mit dem darin befindlich gewesenen Bargeld – lauter 5-Schilling-Münzen.

Während eine Funkwagenbesatzung den Sachverhalt im Lokal aufnahm, nahmen die zweite Funkwagenbesatzung und ich die Streifung nach dem Täter auf, da die Flucht aufgrund der Umstände noch nicht sehr lang her sein konnte.

Tatsächlich konnte ich kurz darauf in der nahe gelegenen Breitenseer Straße einen Mann wahrnehmen, der ein Plastiksackerl bei sich trug. Ich hielt ihn zur Ausweisleistung an und inspizierte das mitgetragene Plastiksackerl. Was fand sich darin? Eine Menge an 5-Schilling-Münzen und ein großer Schraubenzieher (wie sich kurz darauf bei den Ermittlungen herausstellte, hatte er damit die Hintertür des Lokals und den Automaten aufgebrochen).

Der Mann wurde von mir wegen des Verdachts, den Einbruch in das Lokal begangen zu haben, vorläufig festgenommen und mit Unterstützung eines Funkwagens zum Tatort gebracht, wobei er ein Geständnis ablegte: Er hatte die Sperrstunde des Lokals auf der Straße abgewartet, war dann durch das unversperrt gewesene Haustor und den Hausflur zur Hintertüre gelangt – hatte diese und im Lokal den Automaten aufgebrochen und die Geldmünzen erbeutet.

Clou der Sache: Bei dem Einbrecher handelte es sich um den damaligen Freund der Kellnerin, der die örtlichen Verhältnisse durch mehrere Besuche bei seiner Freundin im Lokal ausspioniert hatte und dadurch den Einbruch planen und durchführen konnte.

Seine Freundin, die Kellnerin, war in den Einbruch angeblich nicht eingeweiht gewesen – das Gegenteil konnte ihr zumindest nicht nachgewiesen werden.

Wie kurz darauf ein weiterer Einbrecher dasselbe Lokal aufsuchte

Man sollte es nicht glauben, aber kaum eine Woche danach gab es schon wieder „stillen“ Alarm aus demselben Café! Der unbekannte Täter hatte die Glasscheibe der Eingangstüre zum Lokal eingeschlagen und war in das Café gelangt. Dort hatte er die Kasse aufgebrochen und die Tageslosung entnommen sowie diverse Zigaretten und Spirituosen gestohlen, ehe er sich „aus dem Staub machte“. Ein vorerst unbekannter Täter! Aber nicht lange!

Wie das Schicksal halt so spielt: Während der Tatortuntersuchung fand der Lokalbesitzer einen unauffällig scheinenden Zettel am Boden unter der Theke und gab ihn den Kriminalbeamten. Was denken Sie, verehrter Leser, was das wohl gewesen war? Es war eine Vorladung zu einem Gericht wegen einer Alimentationsangelegenheit! Deutlich und klar standen dort unter anderem Vorname, Familienname und Adresse des Vorgeladenen.

Der Einbrecher war bei seiner Tätigkeit so beschäftigt gewesen, dass er nicht gemerkt hatte, dass ihm dieses Schreiben aus der Jackentasche gerutscht war! Auch eine Art von „Selbststeller“ – sozusagen!

Festnahme, Vernehmung, Geständnis, Sicherstellung der gestohlenen Waren etc. mit anschließender Einlieferung in das Gericht des einschlägig vorbestraften Täters waren dann nur mehr Routine!

Der Kleindealer und der „falsche“ Suchtgifthund

Und wieder ein Vorfall im oben beschriebene Lokal!

Das Polizeileben besteht manchmal auch aus Zufällen und lustigen Vorkommnissen, die aber für Straftäter gar nicht so lustig scheinen mögen!

Im Zuge der Kontakte zu den Bürgern und Geschäftsleuten, betrat ich eines Tages routinemäßig das schon oben beschriebene Café, um mit dem Besitzer ein paar Worte zu wechseln, ob es besondere Vorfälle gegeben habe, etc.

Wie ich auch schon erwähnt hatte, besaßen die Kriminalbeamten wie auch die Sicherheitswachebeamten damals noch ausreichend Kenntnisse über Örtlichkeiten, Geschäfte und Lokale ihres Bezirks, wie auch über die bezirksbekannten „Pülcher“.

Und so kam es, dass ich beim Betreten des Lokals sofort einen jüngeren mir bekannten Mann aus Penzing am Ende der Theke nächst dem WC bemerkte, der mir schon als einschlägiger „Giftler“ (= Suchtgiftkonsument) und Kleindealer bekannt war. Neben dem Burschen saß ein völlig unbeteiligter Gast am Barhocker, neben ihm am Boden saß sein Hund – ein Dobermann.

Kurz nachdem ich nach dem Eintreten ins Lokal den mir bekannten Mann erspähte, erkannte er sofort auch mich und flüchtete eilig in das nebenan befindliche WC, da er – wie sich kurze Zeit später herausstellte – ein Päckchen Kokain bei sich hatte, das er in die Toilettenmuschel warf und hinunterspülen wollte, damit man es nicht bei ihm fände!

Durch den blitzartigen Start des Mannes ins WC war der Dobermann des unbeteiligten Gastes „unrund“ geworden und sprang mit einem Satz dem Mann durch die noch offene Tür ins WC nach. Dieser war durch den Hund so irritiert, dass er nicht mehr dazu kam, das Kokain hinunterzuspülen – gleich darauf war ich bei ihm, stellte den „Stoff“ sicher und nahm ihn fest.

Bei der Einvernahme am Kommissariat war er geständig, aber er sagte noch abschließend: „Dieser depperte Scheiß-Polizei-Suchtgifthund! Wenn der nicht da gewesen wäre, das Kokain gerochen hätte und mir aufs „Häusl“ nach g’rennt wär, warat i net erwischt worden, hätte den „Stoff“ noch rechtzeitig runterspülen können und dann hättet’ s nichts gegen mich in der Hand gehabt!“

Die aus 14 Burschen bestehende Jugendbande! Ihr Treffpunkt war der Gemeindebau – ihr Arbeitsgebiet die Straße

Im Frühjahr 1982 häuften sich in Wien-Penzing nicht nur Moped-Diebstähle, sondern auch Wohnungseinbrüche und Diebstähle von wertvollen Maschinen aus Baustellen. Weiters fanden im Bezirk auch zahlreiche Sachbeschädigungen an abgestellten Pkw statt – bei denen Radioantennen mutwillig abgebrochen und Außenrückspiegel brutal abgeschlagen worden waren.

Aufgrund der modi operandi konnte vermutet werden, dass es sich immer um dieselben Täter handeln könnte. Wie sich am Ende herausstellen sollte, war es eine ganze Bande von Jugendlichen – insgesamt 14 Täter – die sich vor ihren Taten stets im Gemeindebau, wo einige von ihnen wohnten, trafen.

Weder bei den durchgeführten Streifen der uniformierten Kollegen, noch bei den Kripo-Streifen konnten die Täter geschnappt werden. Wieder einmal aber trug ein aufmerksamer Bürger dazu bei, dass die Taten aufgeklärt und die Täter festgenommen werden konnten! Eines Nachts im April bemerkte ein Autofahrer bei einer Tankstelle in der Hadikgasse in Wien-Penzing, in deren Verkaufsraum zwei Jahre zuvor ein Tankwart ermordet worden war, sechs Jugendliche, die sich auf dem Gelände umhertrieben und ihm um diese Zeit verdächtig vorkamen. Er verständigte umgehend die Polizei und im Zuge der Streifung durch mehrere Funkwägen konnten schließlich drei der verdächtigen Burschen in der Umgebung der Tankstelle wahrgenommen und perlustriert werden. Dabei wurde festgestellt, dass die Angehaltenen Einbruchswerkzeuge bei sich hatten, weshalb sie wegen Verdachts des versuchten Einbruchsdiebstahles vorläufig festgenommen wurden.

Die feine Nase des Bürgers in Verbindung mit der Kombinationsgabe der Funkstreifenbeamten erwies sich als richtig! Im Zuge der Vernehmungen der drei Verdächtigen durch die Kriminalbeamten der Gruppe 1 und mich kristallisierte sich heraus, dass die drei zu einer Bande von mehreren Jugendlichen im Alter zwischen 14 und 18 Jahren gehörten, die vorerst zahlreiche Mopeddiebstähle zugaben.

Im Verlauf der Ermittlungen wurden nach und nach noch weitere elf Verdächtige ausgeforscht und festgenommen, die ebenfalls Zug um Zug Geständnisse ablegten. Demzufolge konnten ihnen zahlreiche Mopeddiebstähle, Wohnungs- und Baustelleneinbrüche und etliche Sachbeschädigungen an Pkw nachgewiesen werden.

Aus Langeweile hatten sie auch bei etlichen Pkw die Außenspiegel und Autoantennen abgebrochen. Die Autoantennen hatten sie teilweise mit sich mitgetragen, quasi als eine Art „Schlagstock", um sich damit verteidigen zu können, falls sie einmal bei einer Tat erwischt worden wären. Gott sei Dank kam es nie dazu! Als „Boss" der Bande fungierte ein 18-Jähriger! Als wir bei diesem eine Hausdurchsuchung durchführten, konnte zahlreiches Diebesgut sichergestellt werden: Schmuck von den Wohnungseinbrüchen, Maschinen von den Baustellendiebstählen und auch drei Gewehre mit scharfer Munition.

Detail am Rande: Sozusagen als „Wandschmuck“ hatte sich der Bandenboss einen leicht radioaktiven Ionenfeuerlöscher an die Zimmerwand gehängt. Er selbst hatte ein erstaunlich umfassendes Elektronikfachwissen, mit dem er mit „ehrlicher Arbeit“ wohl auch ausreichend Geld hätte verdienen können. Auch bei den anderen Tätern wurden Hausdurchsuchungen durchgeführt und dort auch noch etliche gestohlene Gegenstände vorgefunden und sichergestellt. Insgesamt war bei diesen Taten ein Schaden von etwa einer Million Schilling entstanden!

Seite 12 — „Krone“ – 16. April 1982 — **LOKALES**

Jugendbande mit Millionenschaden: Auch Gewehre in der Einbruchsbeute

Ihr Treffpunkt war der Gemeindebau. Was sie verband, war die Liebe zu ihren Mopeds. Sie stahlen Zweiräder und montierten ab, was sie für ihre Fahrzeuge brauchen konnten. Den Rest warfen sie weg. Jetzt wurden die 14 Mitglieder dieser Jugendbande ausgeforscht. Gesamtschaden: eine Million Schilling.

VON ALFRED PULLETZ

Im Laufe der Monate begnügten sich die Jugendlichen nicht nur mit Mopeddiebstählen. Wie die Erhebungen der Kriminalbeamten Truschnigg, Benes und Schadler unter Oberleutnant Veith vom Kommissariat Wien-Penzing ergaben, gehen auf das Konto der Bande zahlreiche Auto- und Baustelleneinbrüche sowie zahlreiche abgebrochene Autoantennen und Rückspiegel.

Ein Autofahrer hatte in der Tiefgarage bei jener Tankstelle in der Hadikgasse 128, in der vor zwei Jahren ein Tankwart ermordet worden war, sechs verdächtige Jugendliche bemerkt. Im Verlauf einer Streife konnten schließlich drei Bandenmitglieder festgenommen werden. Bei den Einvernahmen kamen die Kriminalisten nicht nur auf die drei anderen Diebe, sondern auch zur Klärung der Mopeddiebstähle, die sich in den vergangenen Wochen in Wien-Penzing gehäuft hatten. Erhebungen gingen weiter.

Nach und nach wurden alle Mitglieder der Bande und schließlich auch der „Boß“, der 18jährige Oliver, bekannt. Als die Beamten dessen Zimmer durchsuchten, staunten sie. Drei Gewehre wurden sichergestellt, Schmuck, der von einem Wohnungseinbruch stammte, sowie zahlreiche wertvolle Maschinen und elektronisch Geräte von Baustelleneinbrüchen. Als „Wandschmuck“ hatte sich Oliver einen radioaktiven Ionenfeuermelder aufgehängt. Der jugendliche Bandenboß verblüffte mit seinem Elektronenfachwissen sogar Fachleute.

(Quelle: Kronen Zeitung)

Der „große Blonde“ war’s ...!

Der leider schon verstorbene französische Schauspieler Pierre Richard spielte 1972 in einem Agenten-Parodie-Film mit dem Titel „Der große Blonde mit dem schwarzen Schuh“ die Hauptrolle. Dies als Einleitung zur folgenden Geschichte!

Im September 1980 hatte ein einschlägig schwer vorbestrafter 56-Jähriger in der an Wien-Penzing angrenzenden niederösterreichischen Nachbargemeinde Purkersdorf mit einem jungen Mittäter mehrere Straftaten verübt.

Schon im August desselben Jahres hatte die beiden ein Moped gestohlen, um es für ihre Diebstouren zu benützen. Unter anderem brachen sie auch in einen Supermarkt und ein Elektrogeschäft in Purkersdorf ein und stahlen dort, was sie mittragen konnten.

Als sie bemerkten, dass sie von einer daneben wohnenden älteren Frau dabei beobachtet worden waren, bedrohten sie diese mit den Worten „Oide! Waunst die Polizei ruafst oder irgendwem wos sogst, drah’ma die ham!“ Zur Unterstreichung der Ernsthaftigkeit ihrer Worte schlugen sie drei Fensterscheiben ihrer Wohnung ein.

Ein anderes Mal brachen sie in einen Gasthof in Purkersdorf ein und stahlen dort einen wertvollen Tisch, den sie vom ersten Stock in das Erdgeschoss trugen. Dann verließen sie kurz den Tatort, um bald darauf wieder zu kommen und Fenster des Lokals im Erdgeschoß auszuhängen, damit sie den Tisch auf die Straße bringen konnten. Durch den dadurch verursachten Lärm wurde der im selben Haus wohnhafte Gastwirt wach und verständigte telefonisch die Gendarmerie.

Als die Gendarmeriebeamten beim Gasthaus eintrafen, waren die Täter noch vor dem Lokal und lockten die Beamten auf eine falsche Fährte. Wohl in Erinnerung an den oben erwähnten Spielfilm erzählten sie treuherzigen Blicks den Gendarmen, dass sie zufällig beim Gasthof vorbeigekommen wären und den Täter flüchten gesehen hätten.

„Ein großer Blonder war's, Herr Inspektor", sagten sie! „Der hatte ein großes Paket in den Armen und ist in diese Richtung gelaufen!"

Als die Beamten sich freundlich bedankten und mit dem Patrouillenwagen die Verfolgung des vermeintlichen Täters aufnahmen, flüchteten die wahren Täter mit dem gestohlenen Moped in die andere Richtung nach Wien. In einer Kurve kamen sie dabei ins Schleudern und stürzten – konnten jedoch ihre Fahrt danach wieder fortsetzen, obwohl sich der „Einbrecher-Lehrmeister" dabei zwei Rippen gebrochen hatte. In der Linzerstraße in Wien-Penzing war dann für die Einbrecher vorerst Endstation! Den Beamten des Funkwagens „Norbert 3" war das gestohlene Moped aufgefallen und sie nahmen die beiden Täter fest! Die beiden Täter – die im selben Haus wohnten – wurden angezeigt und leider vom Gericht auf freiem Fuß belassen. Der „große Blonde" wurde von den Gendarmen natürlich nicht gefunden!

Seite 12

„Krone" – 12. September 1980

Sie sagten: „Der große Blonde war es"

Einbrecher als falsche Zeugen narrten Polizei

Ein Einbrecherduo, das die Gegend von Purkersdorf unsicher machte, konnte von der Wiener Polizei dingfest gemacht werden. In der Linzer Straße fiel den Beamten des Funkwagens Norbert 3 ein Moped auf, das als gestohlen gemeldet war. Der Mopedlenker, der 19jährige [illegible] aus Wien-Penzing, und sein Beifahrer, der 56jährige [illegible], ebenfalls aus Wien-Penzing, wurden festgenommen.

[illegible], der „Lehrmeister" des 19jährigen „Einbrecherlehrlings", ist schon einschlägig schwer vorbestraft. Bei ihrer Einvernahme durch die Beamten der Gruppe IV und Oberleutnant Veith legte das Duo ein Geständnis ab.

Das Moped stahlen sie am 31. August und benützten es nur für ihre Diebstouren. Sie brachen in einen Konsum in Purkersdorf ein und drangen in das Lager eines Elektrogeschäftes ein. Eine ältere Frau, die sie bei dem Einbruch beobachtete, bedrohten sie und schlugen in der Wohnung drei Fensterscheiben ein. Bei einem Gasthauseinbruch, ebenfalls in Purkersdorf, stahlen sie aus dem ersten Stock einen wertvollen Tisch. Als

VON ERICH SCHÖNAUER

sie wieder kamen und die Fenster des Gastraums aushängen wollten, zerbrach eines.

Durch den Lärm wurde der Wirt munter und verständigte die Sicherheitsbehörden. Als die Beamten kamen, hatten die Einbrecher die Frechheit, die Kriminalisten auf eine falsche Spur zu locken. Sie sagten: „Wir haben einen großen Blonden mit einem Paket unter dem Arm in diese Richtung gehen gesehen." Kaum hatten sich die Gendarmen für den Tip bedankt, flüchteten die beiden Einbrecher mit dem gestohlenen Moped in die andere Richtung nach Wien. Dabei kamen sie mit dem Moped in einer Kurve ins Schleudern. Das Fahrzeug stürzte um. [illegible] brach sich dabei zwei Rippen. Die beiden Täter, die im gleichen Haus wohnen, wurden auf freiem Fuß angezeigt.

(Quelle: Kronen Zeitung)

Der brutale Bankraub durch Schwerkriminelle, der mit einem erschossenen Räuber und einem schwer verletzten Polizisten endete

In den 1970er-, 1980er-Jahren gab es in Wien etliche Banküberfälle, bei denen anfangs die Täter stets mit relativ stattlicher Beute flüchten konnten. Aber auch in anderen Bundesländern war die Zahl der Bankraube relativ hoch.

Als eine von mehreren Maßnahmen der damaligen Bundespolizeidirektion Wien zur Eindämmung der Bankraube bzw. der Habhaftwerdung der diversen Täter, wurden einerseits verstärkte Streifungen durch die Sicherheitswache und Kriminalbeamte in den einzelnen Bezirken mit temporärer mobiler Überwachung verschiedener Bankfilialen angeordnet, andererseits auch fixe Überwachungen bestimmter wechselnder Bankfilialen durch Sicherheitswachebeamte und Kriminalbeamte – jeweils in Zivil.

Im Februar 1980 versah in diesem Sinne ein erfahrener älterer Revierinspektor der Sicherheitswacheabteilung Penzing in Zivilkleidung seinen angeordneten Überwachungsdienst in der Volksbank in der Hadersdorfer Hauptstraße in Penzing.

Auftragsgemäß hielt sich der Beamte im an den Kundenraum angrenzenden Büro auf und konnte teilweise den Beratungs- und Kassenbereich einsehen. Der sowohl im Kollegenkreis wie auch bei den Bürgern seines Rayons äußerst beliebte Beamte – übrigens auch ein begabter

Karikaturist, der oft gekonnte und lustige Karikaturen seiner Kollegen und Vorgesetzten zeichnete – hatte schon öfter Banküberwachungsdienst geleistet und nie war etwas passiert, was sein Einschreiten erforderlich gemacht hätte. Trotzdem war er – wie immer – sehr wachsam und nahm seinen Dienst in der Bank wirklich ernst.

An diesem Tag im Februar 1980 war vormittags zunächst alles ganz normal. Kunden kamen und gingen, Beratungen, Ein- und Auszahlungen wurden durchgeführt – ein ganz normaler Bankenablauf also. Kurz nach 10.15 Uhr dieses Tages war jedoch plötzlich und aus heiterem Himmel sprichwörtlich „der Teufel los". Zwei unmaskierte Männer – beide mit Faustfeuerwaffen in den Händen – stürmten in den Kundenraum.

Der Filialleiter, der zunächst die Situation im ersten Moment nicht überschaut hatte, fragte noch „Bitte sehr?", worauf der vordere Täter sofort ohne Vorwarnung einen Schuss aus seiner Waffe auf den Filialleiter abgab. Durch ein instinktives rasches Bücken entging dieser wohl seinem Tod oder zumindest einer schweren Verletzung, denn der Schuss war in Höhe des Kopfes des Filialleiters abgegeben worden und durch das Bücken streifte das Projektil lediglich die Oberfläche des Kopfes, wodurch die dort befindlichen Haare und die Kopfhaut leichte Verbrennungen erlitten, wie sich im Nachhinein herausstellte. Durch den Schuss alarmiert, kam der Revierinspektor mit gezogener Waffe aus dem Büro in den Kundenraum, worauf die beiden Täter sofort das Feuer auf ihn eröffneten.

In Notwehr schoss der Beamte zurück und traf den ersten Täter, der zuvor das Feuer auf den Filialleiter eröffnet hatte, tödlich und dieser fiel zu Boden.

Indessen feuerte der zweite Bankräuber auch auf den Beamten und traf mit drei Schüssen den Polizisten in den Bauch und in ein Bein, worauf dieser zu Boden fiel. Diesen Augenblick nützte der unverletzte zweite Täter – bei dessen Waffe während des Feuerns auf den Beamten eine Ladehemmung aufgetreten war (was dem Polizisten vermutlich das Leben rettete) – flüchtete aus der Bank und ergriff mit einem nahe der Bank stehenden Pkw, mit dem die Täter gekommen waren, die Flucht.

Während ein Großaufgebot der Wiener Polizei und der angrenzenden Gemeinden in Niederösterreich eine umfassende Alarmfahndung durchführten und der schwerverletzte Polizeibeamte sowie der leichter verletzte Filialleiter von der inzwischen eingetroffenen Rettung ins Spital gebracht wurden, befand sich die Ehefrau des Filialleiters im Schockzustand. Der Filialleiter hatte während des Bückens und anschließendem Zu-Boden-Fallen während der Schussabgabe auf ihn noch im Fallen den Alarmknopf aktiviert. Damals lief der Alarm so ab, dass neben der Alarmauslösung an die Polizei und der Auslösung der Überwachungskameras auch telefonisch ein Alarmruf an das Festnetztelefon des Filialleiters einging (Handy gab es damals noch nicht). Die zu Hause befindliche Ehefrau des Filialleiters hob den Hörer ab und konnte dadurch das ganze Geschehen in der Bank live am Telefon mitverfolgen. Ihre Angst dabei kann sich jeder bildhaft vorstellen.

Bei den weiteren Ermittlungen stellte sich heraus, dass es

sich bei dem erschossenen Bankräuber um einen bereits länger gesuchten professionellen mehrfachen Täter handelte, der außer anderen Tatorten auch schon im Herbst 1979 und im Jänner 1980 zwei Banken in Sooß und in Biedermannsdorf in Niederösterreich bewaffnet überfallen gehabt hatte, wobei er jeweils nicht unbeträchtliche Geldbeträge erbeutet hatte.

Der zweite Täter bei diesem Überfall in der Hadersdorfer Hauptstraße konnte einige Zeit nach der Tat ebenfalls ausgeforscht und festgenommen werden.

Weiters stellte sich auch heraus, dass ein Komplize, der nach dem Überfall in Sooß/NÖ die Raubbeute versteckt hatte und im November 1979 bereits festgenommen worden war, unfassbarer Weise von der Justiz auf freiem Fuß zur Anzeige gebracht worden war, obwohl er nach seiner Festnahme einen Gendarmen mit dem Umbringen bedroht hatte! Am Überfall in der Hadersdorfer Hauptstraße hatte er jedoch nicht teilgenommen.

Der angeschossene Revierinspektor hatte sich von seinen schweren Verletzungen nie mehr völlig erholt und musste später wegen fortgesetzter Dienstunfähigkeit in den vorzeitigen Ruhestand versetzt werden.

LOKALES — Donnerstag, 21. Februar 1980

Schwerverletzter Polizist erschoß einen Bankräuber

Am Stadtrand von Wien: Zwei Gangster feuerten sofort auf Kassier und den Überwachungsposten

Bis zur letzten Patrone kämpfte der 54jährige Polizeiinspektor █████ während eines Überfalls auf die Volksbank in Wien-Hadersdorf gegen zwei Pistolengangster. Obwohl durch drei Kugeln lebensgefährlich verletzt, traf er einen der Verbrecher tödlich. Der zweite Täter flüchtete. In dem Toten erkannten die Kriminalisten den fieberhaft gesuchten mehrfachen Bankräuber █████ (29) aus Mödling (NÖ).

Die Räuber verübten den Überfall auf die Volksbankfiliale in der Hadersdorfer Hauptstraße 76, am westlichen Stadtrand von Wien, im Stil von amerikanischen Profigangstern: Mittwoch kurz nach 10.15 Uhr stürmten sie in den Kundenraum. Sekunden später glich die Bank einem Hexenkessel. Als der Filialleiter, der 32jährige █████ aus Hadersdorf, hinter seinem Pult aufstand und die vermeintlichen Kunden fragte: „Bitte sehr?" fielen sofort Schüsse. Zu diesem Zeitpunkt war █████ zusammen mit dem Kassier █████ und einer Angestellten in dem Bankinstitut.

Seit Monaten gesucht

Der erste Täter – später stellte sich heraus, daß es sich um den seit Monaten erfolglos gesuchten Bankräuber █████ aus Mödling bei Wien handelte –, feuerte ohne zu zielen auf den Filialleiter und verfehlte den Mann nur knapp.

Das war der Augenblick, in dem der zur Überwachung eingesetzte Polizeiinspektor Otto █████ (54) eingriff. Von dem neben dem Kundenraum gelegenen Beobachtungszimmer aus begann er mit seiner Dienstwaffe auf die wild um sich schießenden Räuber zu feuern. █████ brach unmittelbar darauf tot zusammen, während sein Komplice noch mehrmals den Abzug seiner Neunmillimeterpistole durchriß. Drei Kugeln aus der Gangsterwaffe trafen Inspektor █████ im Bauch und rissen ihn zu Boden. Diesen Moment nützte der Überlebende Täter, um zu flüchten. Zeugen beobachteten, wie der auffallend große Mann zu einem grünen Volvo-Kombi lief und davonraste.

Während ein riesiger Polizeieinsatz begann und ein Ambulanzwagen den lebensgefährlich verletzten Inspektor in das Hanusch-Krankenhaus brachte, gab es für die Familie des Filialleiters bange Minuten: █████ hatte sich, als die ersten Schüsse lospeitschten, seitlich auf den Alarmknopf geworfen. Gleichzeitig mit der Auslösung der Überwachungskamera und der Verständigung der Polizei erfolgt dabei die Alarmauslösung im Haus des Bankbeamten. Die Ehefrau des Filialleiters hob das Telefon ab und erlebte so die Schießerei in der Bank auf fürchterliche Weise mit …

Ein Dutzend Schüsse

Am Tatort stellten die Kriminalisten des Sicherheitsbüros fest, daß mindestens ein Dutzend Schüsse gefallen waren. Neben dem getöteten █████ lag dessen Pistole vom Kaliber 6,35 Millimeter. █████ hatte aus dieser Waffe sechs Patronen abgefeuert. In seiner Rocktasche steckte ein gefülltes Reservemagazin. Zum Nachladen war er nicht mehr gekommen.

Sein geflüchteter Komplice konnte bisher nicht gefaßt werden. Bei der Alarmfahndung entdeckte die Polizei lediglich den Fluchtwagen. Der Räuber hatte den grünen Volvo mit dem Wiener Kennzeichen vor dem Haus Linzer Straße 145 abgestellt und ist seither verschwunden. Das Auto ist auf den 24jährigen Koch █████ aus Wien-Wieden zugelassen. Er sagte: „Ich habe den Wagen einem Freund geborgt." Das wird derzeit überprüft.

█████ hatte im Herbst und im Jänner 1980 zwei Überfälle auf Geldinstitute verübt. In der Raiffeisenkasse Sooß erbeutete er 38.000 Schilling, in der Raika Biedermannsdorf (NÖ) 300.000 Schilling. Seit damals war er spurlos verschwunden.

Bei der Fahndung nach dem zweiten Täter kamen die Kriminalisten wieder einem geradezu unfaßbaren Justizskandal auf die Spur: Der Komplice █████, bei dem er nach dem Überfall in Sooß die Beute versteckte, der 26jährige █████ aus Bad Vöslau, ist auf freiem Fuß! Dies, obwohl er nach seiner Festnahme im November 1979 einen Gendarmen mit dem Umbringen bedroht hatte. █████ hat allerdings am Überfall in Hadersdorf nicht teilgenommen.

VON PETER STRASSER, ALFRED PULLETZ UND WOLFGANG EXEL
FOTOS: ERNST KAINERSTORFER, GINO MOLIN

(Quelle: Kronen Zeitung)

Ob die „Fensterputzer“ da waren oder nicht – zeigte danach das Licht – oder aber auch nicht!

Im Frühjahr/Sommer 1979 hatten zwei schon einschlägig vorbestrafte Einbrecher eine besondere lukrative „Geschäftsidee“! Als Fensterputzer getarnt boten sie sich Wohnungsbesitzern an, gegen günstige Preise deren Fenster innen und außen zu putzen. Da Fensterputzen eine Tätigkeit ist, die oft nicht sehr gerne von Bewohnern selbst gemacht wird und die Putz-Preise günstig erschienen, wurden sie doch etliche Male für diese Arbeit engagiert.

Bekamen sie dann Zutritt zur jeweiligen Wohnung, begannen sie zwar tatsächlich vorerst die Fenster zu putzen, jedoch hielten sie bei der Auswahl ihrer Objekte stets Ausschau nach Wohnungen, in denen antike und teure Lüster an den Decken hingen. Kaum waren sie für einen Augenblick unbeobachtet allein im jeweiligen Raum, wo sich ein solcher Lüster befand, hob einer von ihnen den Luster hoch und der andere schnitt blitzschnell mit einer Zange die Leitungen durch. Sodann verließen sie rasch und unbemerkt die Wohnung und suchten das Weite. Wenn dann abends die Bewohner das Licht aufdrehen wollten, blieb es dunkel …

Nach und nach erbeuteten sie auf diese Weise insgesamt 15 Lüster – teilweise an die hundert Jahre alt – die sie an Altwarenhändler verscherbelten. Um die 2000 Schilling pro Luster und oft auch mehr waren damit schon zu „verdienen“ gewesen. Ein aufmerksamer Polizeibeamter setzte schließlich diesem Treiben ein Ende. Er beobachtete einen der Täter, wie er mit einem antiken Bronzeluster in einem Haus verschwand, aus dem er gerade erst gekommen war und kehrtmachte, als er den Polizisten sah. Er hielt den Verdächtigen an. Behauptete der Mann vorerst, dass er den Luster gefunden habe, stellte sich jedoch rasch heraus, dass dieser in demselben Haus in einer Wohnung kurz zuvor abmontiert und gestohlen worden war.

Nach der Festnahme der beiden Täter konnten durch umfangreiche Ermittlungen und Vernehmungen von uns nach und nach noch zwei Komplizen ausgeforscht und festgenommen werden, die durch „Schmiere stehen" und beim Wegschaffen der Lüster „behilflich" waren. Insgesamt war ein Schaden von mehr als 50.000 Schilling entstanden.

Wenn die Fensterputzer kamen, war es dunkel: Bande stahl viele Luster

Als Fensterputzer getarnt verschaffte sich eine Einbrecherbande Zutritt zu Geschäften und Wohnungen in Wien. Die Täter spezialisierten sich auf den Diebstahl von antiken Leuchtern. Am Abend merkten die Bestohlenen das Fehlen der wertvollen Beleuchtungskörper.

Der 26jährige Alfred D. wurde von der Polizei beobachtet, wie er mit einem antiken Bronzeluster in einem Haus verschwand. Als die Beamten den Verdächtigen perlustrierten, behauptete er: „Ich habe den Luster gefunden." Bald stand jedoch fest: Der Luster war in dem Haus gestohlen worden. Alfred D. wurde festgenommen und gab bei den Verhören unter Leitung von Oberkommissar Modler im Kommissariat Penzing zu, daß er mit dem 30jährigen Josef Sch. schon seit Mai mit dem „Fensterputzertrick" fünfzehn antike Luster erbeutet hatte.

Die Beute verkauften die beiden zu Schleuderpreisen an Altwarenhändler. Oft verlangten sie nicht mehr als 2000 Schilling für die mehr als hundert Jahre alten Luster.

VON ERICH SCHÖNAUER

Wenn die Täter in einer Wohnung für einen Augenblick allein waren, hob einer den anderen in die Höhe. Dieser schnitt mit einer Zange blitzschnell den Luster ab. Vielen der Geschädigten fiel der Diebstahl erst am Abend auf: Sie wollten Licht einschalten, doch es blieb dunkel ...

Nach der Verhaftung der beiden Täter gelang es Kriminalbeamten, zwei weitere Komplicen – den 32jährigen Walter R. und den 34jährigen Franz J. – auszuforschen. Franz J. wurde von einem Polizisten auf der Straße auf Grund eines Fahndungsfotos erkannt und verhaftet.

(Quelle: Kronen Zeitung)

Argloser Arbeiter auf dem Heimweg von Räubern überfallen
(Jedoch machten sie die Rechnung ohne unser Planquadrat!)

Im September 1979 ging ein 51-jähriger Arbeiter aus Wien-Hietzing nachts nach der Arbeit und nach dem angeschlossenen „Afterworking“ nach Hause.

In der Hütteldorferstraße in Wien-Penzing fiel ihm zum ersten Mal bewusst auf, dass ihm schon seit einiger Zeit zwei Männer folgten, die jedes Mal denselben Weg nahmen, wie er – wie oft er auch in andere Straßen einbog. Zu spät! In einem dunklen Abschnitt des Gehsteigs der Hütteldorferstraße sprachen sie den Arbeiter an und forderten von ihm, ihnen seinen Pass und sein gesamtes Bargeld zu geben. Als der Arbeiter die Männer ignorierte und weiterging, warteten sie einen günstigen Moment ab, an dem gerade keine anderen Passanten in der Nähe waren und schlugen den Mann hinter einem Würstelstand bei der Waidhausenstraße nieder. Dann raubten sie ihm seine mitgetragene Aktentasche.

Ein zufällig vorbeikommender Baupolier, der dem Überfallenen zur Hilfe kommen wollte, wurde von einem der beiden Männer durch einen Messerstich im Oberkörper schwer verletzt.

Womit die beiden Täter jedoch keinesfalls gerechnet hatten, war die Tatsache, dass Oberleutnant Untiedt von der Sicherheitswacheabteilung Penzing – im Zuge eines Planquadrats – und ich im Zuge einer Kripo-Bezirksstreife – gerade im Augenblick des Überfalls zufällig am Tatort vorbeifuhren und den Überall live miterlebten. Die beiden Täter, die sofort flüchteten, konnten von Oblt. Untiedt und mir nach kurzer Verfolgung zu Fuß nach einigen hundert Metern eingeholt und nach heftigem Widerstand überwältigt und festgenommen werden.

Die geraubte Aktentasche und das Messer, mit dem der Überfallene niedergestochen worden war, konnten nach kurzer Suche auf der Fluchtroute unter einem Pkw gefunden und sichergestellt werden. Die Täter hatten die beiden Gegenstände während ihrer Flucht dort entsorgt.

Bei der polizeilichen Vernehmung durch meine Kriminalbeamten und mich, konnten den beiden Tätern noch sieben ähnliche Raubüberfälle in den Bezirken 13, 14 und 16, die sie in den Wochen zuvor begangen hatten, nachgewiesen werden.

Auf Heimweg: Überfall

Polizei konnte die Täter verhaften

Von zwei Männern wurde der 51jährige Arbeiter [geschwärzt] aus Wien-Hietzing in der Nacht auf Freitag in der Hütteldorfer Straße in Wien-Penzing verfolgt. Der 20jährige [geschwärzt] und der 23jährige [geschwärzt], beide aus Wien-Penzing, belästigten den Mann auf offener Straße und forderten ihn immer wieder auf, ihnen sein Geld und seinen Paß zu geben. Als der Mann jedoch weiterging, ohne die beiden zu beachten, schlugen sie ihn bei der Waidhausenstraße hinter einem Würstelstand nieder und raubten ihm die Aktentasche. Der 45jährige Baupolier Kurt F. aus Wien-Ottakring, der dem Überfallenen zu Hilfe eilte, wurde durch einen Messerstich verletzt. Oberleutnant Veith und Oberleutnant Untiet vom Kommissariat Penzing, die im Zuge einer Aktion „Planquadrat“ den Raufhandel bemerkten, konnten die beiden flüchtigen Täter festnehmen. Die Aktentasche wurde in der Nähe des Tatortes gefunden. Die beiden Räuber hatten sie weggeworfen.

(Quelle: Kronen Zeitung)

Wegen einer Lappalie die Kehle durchgeschnitten – Der blutige Mord in der Sandlerherberge

In Penzing waren in den 1970/1980er-Jahren in zwei verschiedenen Straßen – in der Salisstraße und der Guldengasse – soziale Herbergen für entlassene Strafgefangene und andere Personen, die sonst keine Unterkunft hatten, Herbergen eingerichtet.

Meist war dies ein kärgliches Zimmer ohne Dusche oder sonstige sanitäre Einrichtungen, das WC am Gang, etc. In einem Zimmer waren jeweils zumindest zwei Personen einquartiert – jeweils zu einem Preis von ungefähr 1.900 Schilling pro Bett! Dass die Verhältnisse dort – besonders auch unter den „Mietern" nicht immer rosig und harmonisch waren, kann man sich locker vorstellen.

Im März 1984 wurde die Polizei von einem Mitbewohner verständigt, dass in seinem Zimmer in dieser Herberge ein Mann ermordet worden war.

Bei meinem Eintreffen an besagter Adresse bot sich folgendes schreckliches Bild: Ein 57-jähriger Insasse lag tot – mit durchschnittener Kehle – auf dem Boden des Zimmers. Die Tatwaffe, ein ca. 40 cm langes Fleischermesser, lag ebenfalls neben der Leiche. Rundherum eine große Lache von Blut, die von der durchschnittenen Kehle des Opfers stammte.

Bei der Befragung, die von meinen Mitarbeitern und mir sofort in der Herberge durchgeführt wurde, verstrickte sich der Anrufer, der den Mord gemeldet hatte, ein 33-jähriger Mitbewohner des Zimmers, in dem auch das Mordopfer wohnte, in einige Widersprüche, welche mich veranlassten, ihn intensiver zu befragen.

Schließlich konnte er nach einigem Leugnen von mir zu einem Geständnis bewegt werden: Er selbst hatte den Mord begangen und dem Opfer mit dem Fleischermesser mit einem heftigen Schnitt die Kehle durchtrennt!

Als Motiv gab der bereits als einschlägiger Gewalttäter vorbestrafte Mann an, dass er erst am selben Tag in das Quartier gezogen war und dass man ihn in das Zimmer des späteren Opfers als Mitbewohner eingewiesen hatte. Als er gegen 20.30 Uhr desselben Tages kurz das Zimmer verlassen hatte und zurückkam, überraschte er seinen Mitbewohner dabei, wie dieser seinen Koffer durchsuchte. „Da hab ich einfach Rot gesehen, das Messer genommen und ihm die Kehle durchgeschnitten", gab er an.

Das Tatmesser hatte er fein säuberlich abgewischt und unter einem der am Gang liegenden Kleiderberge versteckt, wo es nach seiner Aussage von uns auch vorgefunden und sichergestellt wurde. Sodann rief er die Polizei und dachte, dadurch von sich als Täter ablenken zu können, indem er den „Zeugen" mimte.

Umsonst! Die Tat wurde durch intensive Vernehmungstaktik rasch aufgeklärt!

1900 Schilling Miete für ein Bett pro Monat

„Ich sah rot“: Mord in der „Sandlerherberge“

„Hilfe, in meinem Zimmer haben's einen umbracht“, schrie Montag nacht der 33jährige █████ in einem Heim für Unterstandslose in der Guldengasse in Wien-Penzing. Stunden später legte er ein Geständnis ab: Er selber hatte den 57jährigen █████ █████ mit einem Fleischermesser die Kehle durchschnitten. Angeblich, weil er seine Koffer durchwühlte.

Montag nachmittag war █████ in der „Sandlerherberge“ – so ein Kriminalbeamter – eingezogen. In zwei Koffern hatte er seine ganzen Habseligkeiten mitgebracht, darunter ein Set von fünf Messern, das er einmal günstig gekauft hatte. Bis ein Einzelraum für ihn frei werden sollte, quartierte man den gebürtigen Preßburger im Zimmer von █████ ein. Der Preis pro Bett: 1900 Schilling im Monat ohne Fließwasser.

VON ALFRED PULLETZ

Gegen 20.30 Uhr ging █████ aus dem Zimmer. Als er zurückkam, überraschte er █████ angeblich gerade dabei, wie dieser seine Koffer durchsuchte. „Da hab' ich rot gesehen und das Messer genommen“, gestand der einschlägig polizeibekannte Gewalttäter. Die Kriminalbeamten des Kommissariats Penzing unter Rat Dr. Modler und Hauptmann Veith haben allerdings Zweifel an dieser Version. Der Inhalt der Koffer war nämlich keinesfalls durchwühlt.

Nach dem Mord wischte der Täter das blutige Messer ab und versteckte die Waffe unter alten Kleidern, die haufenweise auf dem Gang liegen. Dann schrie er nach der Polizei, um von sich selber als Mörder abzulenken.

Ohne Erfolg allerdings, denn die Beamten entdeckten bald das Messer, auf dem immer noch Blutspuren waren. Nach längerem Verhör legte █████ schließlich ein Geständnis ab.

(Quelle: Kronen Zeitung)

Feierliche Belobigung der Kriminalisten des Koates Penzing für erfolgreiche Aufklärung von mehreren schweren Straftaten durch den Polizeivizepräsidenten (Oblt. Veith-2. v.r.). (Quelle: Johann Veith)

Gruß von der „Stoßpartie“: Der „Sauschädl“ auf den Stufen des Kommissariats

Im Zuge von verschiedenen Streifen und sonstigen Amtshandlungen, hatten wir naturgemäß auch öfters in so bezeichneten „Stoßlokalen“ – Gast- oder Kaffeehäuser, in denen in Hinterzimmern dem verbotenen Glückspiel „gefrönt“ wurde – zu tun. Dies gefiel den professionellen „Stoßspielern“ – meist Angehörige der damaligen „Wiener Unterwelt“ – aber gar nicht und sie waren „not amused“, wenn wir bei unseren Einsätzen das Spiel und damit den leichten Gelderwerb durch „Abzocken“ spielsüchtiger Bürger, die in der Hoffnung dadurch „reich zu werden“, immer wieder an solchen „Partien“ teilnahmen, durch Lokalkontrollen, Beschlagnahmen von Geldbeträgen, Anzeigen und Festnahmen störten.

Und so ergab es sich, dass nach einer derartigen „Razzia“ in der Nacht am frühen Morgen darauf auf den Stufen des Kommissariats Penzing – damals in der Leyserstraße 2 – ein „Sauschädl“ (Schweinekopf) abgelegt war – mit Blickrichtung Kommissariats-Eingang. In der Maulöffnung war ein Zettel angebracht! Darauf waren mit Filzstift die Worte geschrieben: „Oasch-Kiberer!“

Wir hatten damals herzlichst darüber gelacht! Einer der Beamten machte den Vorschlag, den Sauschädl doch kulinarisch zu verarbeiten und zu essen. Weil jedoch nicht ganz ausgeschlossen werden konnte, dass eventuell schädliche Substanzen in des Schweines Haupt eingebracht worden waren, wurde dieser Vorschlag sofort wieder verworfen und der Schweinskopf sachgemäß entsorgt!

Der Bankräuber mit dem Eimer

Eine in der Linzerstraße befindliche Bankfiliale einer bekannten Bank war in der Vergangenheit mehrmals schon Ziel von Bankräubern gewesen. Deshalb wurde dieser Bankfiliale auch im Zuge des Streifendienstes der Bezirks-Funkwägen besonderes Augenmerk gewidmet. Auch meine Kriminalbeamten und ich fuhren im Zuge von Ausfahrten zu diversen Amtshandlungen öfter an dieser Bankfiliale vorbei.

Im April 1983 fuhr ich wieder einmal mit meinem Privatwagen und dem Funkgerät im Bezirk und befand mich zufällig gerade im Bereich der Linzerstraße, als ich im Funk einen Einsatz der Funkstelle an mehrere Bezirksstreifenwägen mithörte, dass von der oben angeführten Bankfiliale soeben ein Alarm ausgelöst worden war.

Innerhalb einer Minute war ich am Einsatzort und betrat vorsichtig die Bankfiliale. Folgendes hatte sich ereignet: Ein alkoholisierter Mann hatte knapp vor Kassenschluss die Filiale betreten, mit einem Plastikeimer in der Hand. Artig hatte er sich bei der Schlange der Wartenden vor dem Kassenschalter angestellt.

Als die Reihe an ihn kam, zog er eine Faustfeuerwaffe aus seiner Jacke und bedrohte damit die Kassierin. Diese wartete gar nicht erst auf eine Forderung des Räubers, sondern fragte ihn von sich aus: „Wollen's a Geld?" Der Täter sprach immer noch nicht, sondern nickte nur und stellte den Plastikkübel auf das Pult, worauf ihm die Kassierin Banknoten im Wert von etwa 80.000 Schilling in den Kübel legte.

Als der Räuber das Geld hatte, nahm er seinen Kübel und wollte die Bank verlassen.

Auf dem Weg zum Ausgang hielt ihn ein mutiger Kunde auf und wollte ihn mit Unterstützung zweier Bankangestellter niederringen, was diesen jedoch aufgrund der doch kräftigeren Statur des Täters nicht gelang und es zu einer heftigen Rangelei zwischen allen Beteiligten kam. In diesem Augenblick betrat ich die Filiale, erfasste mit einem Blick die Situation und konnte den Räuber mit der „Armwinkelsperre" zu Boden bringen, wo ich ihn dann mit Handschellen fesseln, festnehmen und ihm die Waffe abnehmen konnte.

Die im Kübel verstaute Beute wurde vorerst sichergestellt und danach den Bankangestellten wieder ausgefolgt. Die kurz danach eingetroffenen Beamten der Bezirksfunkwägen übernahmen den Festgenommenen und brachten ihn zum Kommissariat Penzing zur weiteren Amtshandlung.

Bankraub: 80.000 S „im Eimer“

Weit kam der 52jährige aus Wien-Penzing nicht, nachdem er Mittwoch nachmittag eine Bankfiliale in der Linzer Straße überfallen hatte: Ein Kunde sowie zwei Angestellte hielten den betrunkenen Räuber fest, bis die Polizei kam.

Knapp vor Kassenschluß betrat die Filiale – mit einem Plastikkübel in der Hand und einer Luftdruckpistole unter der Jacke. Artig stellte er sich in die Reihe der Warten-

VON ALFRED PULLETZ UND ERICH SCHÖNAUER

den, bis ihn eine andere Kassiererin zu ihrem Schalter holte. Dort zog seine Waffe. „Wollen S' a Geld?“ fragte die Angestellte. Der 52jährige nickte bejahend und stellte den Plastikkübel auf das Pult. Die Frau gab etwa 80.000 Schilling in den Behälter. Dann ging .

Ein Kunde, der beim ersten Schalter vor dem Räuber gestanden war, hielt ihn bei der Tür auf, unterstützt von zwei Bankangestellten. Inzwischen war Alarm ausgelöst worden. Hauptmann Veith vom Kommissariat Penzing raste zum Tatort. Mit einem Spezialgriff gelang es dem Kriminalisten, kampfunfähig zu machen.

(Quelle: Kronen Zeitung)

Das Haus des eigenen Großvaters geplündert und dann angezündet

Ende Jänner 1984 trafen sich drei arbeitslose Männer, zwei davon wegen Einbruchs schon mehrfach vorbestraft, in ihrem Stammlokal und stellten Überlegungen an, wie sie doch zu Geld kommen könnten. Mehrere Ideen wurden aus verschiedenen Gründen verworfen, bis einer von ihnen DEN Einfall hatte:

In Schönau an der Donau stand das leer stehende Haus seines Großvaters (der Grund für das Leerstehen ist mir heute nicht mehr bekannt), in dem sich doch auch sehr wertvolle Gegenstände befanden, die man doch zu Geld machen könnte, würde man nur in ihren Besitz gelangen.

Erdacht – gesagt – geplant – getan!

Einer der drei borgte sich unter einem Vorwand das Auto seiner Freundin aus und das Trio fuhr nach Schönau, wo sie nachts in das Haus einbrachen. „Professionell", wie sie dachten zu sein, zogen sie sich vor der Tat natürlich Handschuhe an! Sieht man ja schließlich schon in jedem drittklassigen Krimi im Fernsehen!

Bei dem Einbruch erbeuteten sie unter anderen Gegenständen auch diversen Schmuck im Wert von etwa 150.000 Schilling. Am selben Abend zu Hause, fiel einem von ihnen plötzlich ein, dass sie im Haus des Großvaters die Handschuhe ausgezogen hatten (!), um besser die Beute suchen und verstauen zu können.

Also fuhr das Trio in derselben Nacht nochmals mit dem

Auto der Freundin nach Schönau, um die wahrscheinlich zahlreich vorhandenen Fingerabdruckspuren zu vernichten, zumal diese von den beiden Vorbestraften ja in der „Verbrecherkartei“ der Polizei aufschienen und die Täter daher leicht zu identifizieren gewesen wären. Tja! Wie also die Spuren erfolgreich vernichten?

Die drei Männer kamen auf die glorreiche Idee – wahrscheinlich auch in einem Kriminalfilm gesehen – mittels eines im Haus vorgefundenen Feuerlöschers die Spuren sozusagen „auszulöschen“. Dies gelang ihnen jedoch nur zum Teil, da das Gerät nach kurzem Gebrauch leer war.

Daraufhin legten sie in dem Haus an mehreren Stellen einen Brand, um so die Spuren endgültig zu verwischen. Durch den Brand, den die bald alarmierte Feuerwehr rasch löschen konnte, entstand aber doch enormer Schaden! Der Gesamtschaden – Beute und Brand – betrug letztendlich 3 Millionen Schilling!

Wie schon in meinem ersten Buch über Polizeigeschichten und Anekdoten mit dem Titel „Die Fragen stellen wir!“ erwähnt, hatten wir Kriminalisten damals noch umfangreiche Orts- und Personalkenntnisse über Straftaten und Straftäter und „Pülcher“ etc. in unserem Bezirk. Deshalb fiel mir auf, dass die drei schon vorher arbeitslos gewesenen Männer seit Neuestem plötzlich mit dem Geld nur so „um sich warfen“ und seit ein paar Wochen richtig feudal lebten. Die drei Männer wurden durch meine Kriminalbeamten und mich stundenlangen Vernehmungen unterzogen, wobei sich einer der drei in Widersprüche und Ungereimtheiten verwickelte.

Schließlich legte er doch ein Geständnis über die oben geschilderte Tat ab und verriet auch seine zwei Mittäter. Mit dem Luxusleben war es von da an vorbei! Nächste Destination für alle drei war der „Häfen“!

NÖ: Haus angezündet, um ihre Fingerabdrücke zu verwischen

Sie hatten zwar Handschuhe an, als sie in das Einfamilienhaus einstiegen. Beim Durchwühlen der Laden zogen die Täter diese allerdings aus. Um die Fingerabdrücke zu beseitigen, fuhren sie am nächsten Tag wieder nach Schönau an der Donau und zündeten das Haus an. Nun sind die drei Einbrecher, darunter auch der Enkel des Hausbesitzers, in Haft. Schaden: drei Millionen Schilling.

█████ (21), █████ (21), beide aus Wien-Penzing, und █████ (21) aus Wien-Fünfhaus, alle beschäftigungslos, saßen am 31. Jänner in ihrem Stammcafé und überlegten, wie sie zu Geld kommen könnten. █████ und █████ besitzen einschlägige Erfahrung, und so kamen sie auf die Idee, im leerstehenden Einfamilienhaus des Großvaters von █████ █████ einzubrechen. Mit dem Auto einer Freundin fuhr das Trio nach Schönau. In einem Versteck im Dunstabzug fanden sie Schmuck im Wert von 150.000 Schilling.

Die Beute machten sie gleich am 1. Februar zu Geld. Am Abend fiel ihnen ein, daß sie im Haus die Handschuhe ausgezogen hatten. Über die Fingerabdrücke, die auf Grund bisheriger Delikte von █████ und █████ bei der Polizei auflagen, wäre es leicht gewesen, sie auszuforschen. Zuerst versuchten die Einbrecher, mit einem Feuerlöscher die Spuren zu beseitigen. Dann war die Patrone leer. Daraufhin zündete █████ das Haus an. Hauptmann Veith vom Kommissariat Penzing fiel auf, daß die drei Arbeitslosen plötzlich Geld hatten, und er knöpfte sie sich mit den Beamten der Gruppe 1 vor.

(Quelle: Kronen Zeitung)

Falsche Polizisten gab es auch schon im vorigen Jahrhundert! – Der „Badewaschl“ als „Möchtegern-Polizist“

Wie Sie in meinem vorigen Buch auch vielleicht lasen, war es seit meinem 5. Lebensjahr mein Wunsch, meinen Traumberuf „Polizist“ zu ergreifen. Diesen Wunsch habe ich auf legale Weise verwirklicht und bin es bis zu meinem Ruhestand geblieben.

Nicht jedem ist es jedoch vergönnt gewesen – auch wenn es sein „Traumberuf“ gewesen sein mag – tatsächlich Polizist zu werden. Vor allem, wenn man vorbestraft ist, was eine Aufnahme zur Polizei nicht unbedingt förderlich ist. Will man jedoch „Polizist spielen“, kann aus diesem Spiel bald eine strafbare Handlung werden!

Ein Badewart aus Wien-Penzing hatte schon als Kind den unbändigen Wunsch, Polizist zu werden, doch sein Traum erfüllte sich aufgrund anderer Umstände leider nicht auf legalem Weg, weshalb er beschloss, sein „Polizistenschicksal“ selbst in die Hand zu nehmen!

Bereits im März 1983 „amtshandelte“ er als falscher Kriminalbeamter vor dem Eingang einer Diskothek im ersten Wiener Gemeindebezirk und perlustrierte dort jugendliche Gäste, bis einem von denen das verdächtig vorkam und er die echte Polizei verständigte, die den Badewart daraufhin wegen Amtsanmaßung anzeigte.

Dafür wurde er vom Gericht erst Ende August desselben Jahres zu einer nicht unbeträchtlichen Geldstrafe verurteilt. Dem Richter hatte er treuherzig erklärt, dass er nie Polizist gespielt habe, wurde aber aufgrund der Beweislage dennoch verurteilt.

Im September 1983 hatte er sich aber für seinen privaten Pkw ein im Handel frei erhältliches mobiles Blaulicht gekauft, welches an die Steckdose im Pkw-Inneren angeschlossen werden kann. Außerdem besorgte er sich von einem Freund eine alte ausgetragene Polizeiuniform.

So angezogen und ausgestattet, fuhr er mit seinem roten BMW auf der Hadikgasse in Penzing sowie auch auf der Wiener Triester Straße und sogar auf der meistbefahrenen Straße Österreichs, der Wiener Südosttangente, umher, hielt Autofahrer, die zu schnell fuhren an und „beamtshandelte“ diese, wobei er aber nach seinen eigenen Angaben nie Geld kassiert hatte.

Ich hatte zuvor zufällig im Kurier von dem frisch verurteilten „falschen Kriminalbeamten“ gelesen und hatte aufgrund einiger Anzeigen auch Kenntnis, dass ein falscher Polizist Teile Wiens durch illegale Kontrollen von Autofahrern unsicher machte.

Da ich „eins und eins zusammenzählte“, holte ich den Badewart zur Vernehmung in das Kommissariat, wo in seinem Auto dann auch das Blaulicht und eine Anhaltekelle gefunden wurden. Nach umfangreichen Befragungen legte er schließlich ein Geständnis ab.

Die alte Polizeiuniform wurde bei einer „freiwilligen Nachschau“ ebenfalls in seiner Wohnung gefunden und so wie auch Blaulicht und Anhaltekelle sichergestellt.

Der Mann wurde neuerlich wegen „Amtsanmaßung" und einiger Zusatzdelikte verurteilt! Eine echte Polizeikarriere wird er wohl nicht mehr erreichen!

Kurier

Badewaschl trägt so gerne Uniform

30mal stoppte er Autoraser in der Hadikgasse

Am 3. März 1983 agierte der Badewart aus Wien-Penzing in „Kojak-Manier" als Kriminalbeamter vor der Diskothek „Jack Daniels". Vor einer Woche wurde er dafür im Landesgericht zu 9000 Schilling Geldstrafe verurteilt. Nach dem KURIER-Bericht gelang es richtigen Kriminalbeamten, den Badewaschl auch als falschen Streifenpolizisten zu entlarven.

Die Vorgeschichte: Traumberuf ist Polizist. Sein Vorstrafenregister machte ihm aber bisher einen Strich durch die Rechnung. So griff er zur Selbsthilfe.

Im Frühjahr kaufte er ein Blaulicht, bastelte dann einen Stab „Halt – Polizei" und lieh sich von einem Freund eine alte Polizeiuniform.

Bei einer seiner „Amtshandlungen" wurde der Badewaschl geschnappt und verurteilt. Damals am 3. März war aber in Zivil unterwegs.

Vor einer Woche noch hatte der Badewart vor dem Richter beteuert: „Herr Rat, ich hab' nie Polizist gespielt." Daß er es doch hat, bewiesen ihm nun die echten Kollegen vom Kommissariat Penzing.

Die Kriminalisten (Gruppe Maresch, Hauptmann Veith) lasen im KURIER vom falschen Kriminalbeamten. Ein anonymer Hinweis, daß im 14. Bezirk ein falscher Polizist umginge, machte die Beamten stutzig.

Am Sonntag holten sie zum Verhör. Der Badewaschl gestand sehr bald seine zweite „Karriere" als Streifenpolizist.

Mit seinem roten BMW, dem Blaulicht und der Uniform hatte mindestens dreißigmal Autoraser in der Hadikgasse, der Triester Straße und sogar auf der Südosttangente gestoppt. In allen Fällen gab er sich als Streifenpolizist in Zivil aus und mahnte seine Opfer ab. „Geld hab' ich aber nie genommen", erzählte der Badewart.

Dieser Drang für Recht und Ordnung wird demnächst ein zweites Mal vor den Richter bringen.

MICHAEL JÄGER

(Quelle: Kurier)

Tobender bedrohte alle mit dem Erschießen!

Anfang März 1982 hatte ein 39-jähriger Mann in seiner Wohnung einen furchtbaren Familienstreit mit seiner Frau und seinen 3 Töchtern! Worum es bei dem Streit genau ging, ist heute nicht mehr erinnerlich – jedenfalls nichts, was eine derartige Eskalation gerechtfertigt hätte, die daraus entstanden war!

Im Zuge eines heftigen Streits bedrohte der Familienvater sowohl seine Gattin, wie auch seine drei Töchter mit einer illegal erworbenen 9-mm-Pistole mit dem Erschießen. Schon quasi dem Tod ins Auge blickend, konnte die Frau den Mann kurz ablenken und es gelang ihr und den 3 Kindern auf dramatische Weise die Flucht aus der Wohnung zu einer Nachbarin. Gerade noch konnten die drei in die Wohnung der Nachbarin flüchten, nachdem diese aufgrund des heftigen Läutens an ihrer Wohnungstüre diese geöffnet hatte. Nachdem die Nachbarin den Grund der eiligen Flucht vernommen hatte, verständigte sie unverzüglich per Notruf die Polizei.

Beim Eintreffen des ersten Funkwagens am Einsatzort flüchtete der Mann wieder in seine Wohnung, wo er sich mit der Waffe auf dem Balkon verschanzte. Ich war inzwischen ebenfalls vom Sachverhalt informiert worden und traf einige Minuten nach dem Eintreffen des Funkwagens am Tatort ein und übernahm die Leitung der Amtshandlung.

Am Einsatzort angekommen, stellte sich mir folgende Situation dar: Der Mann stand mit der Waffe in der Hand auf dem Balkon seiner Wohnung im ersten Stock des Wohnhauses, zielte mit der Waffe auf die beiden Sicherheitswachebeamten, drohte ihnen, auf sie zu schießen, worauf die beiden Beamten Deckung hinter ihrem Dienstwagen suchten. Ich forderte via Funkstelle umgehend Unterstützung durch weitere Polizeikräfte an, worauf innerhalb kurzer Zeit mehrere Funkwagen – auch solche der Alarmabteilung – am Einsatzort eintrafen. Eile war in dieser Situation geboten, da der Mann sich durch gutes Zureden nicht beruhigen lassen und sich nicht ergeben wollte. Durch ein polizeitaktisches Manöver konnte der Täter in der nicht ungefährlichen Situation abgelenkt und in einer Blitzaktion überwältigt, ihm die Schusswaffe entwunden und er festgenommen werden. Somit endete die prekäre Gefahrenlage rasch, unblutig und ohne irgendwelche Komplikationen!

Polizei stürmte Haus in Wien-Penzing

Pistolenheld wollte alle erschießen

Dramatische Polizeiaktion in Wien-Penzing: In einer Wohnung des Hauses Maroltingergasse 24 hatte sich ein vor Wut tobender Pistolenheld verschanzt, der zunächst seine Familie und dann die Polizisten mit einer 9-Millimeter-Pistole bedrohte. Erst einem Großaufgebot schwerbewaffneter Beamter gelang die Verhaftung des Mannes.

Zunächst hatte der 39jährige […] seine Frau und drei Töchter bedroht. Der Familie gelang die Flucht zur Nachbarin. Diese verständigte die Polizei.

Als der erste Funkstreifenwagen eintraf, fanden die Beamten […] auf dem Balkon verschanzt vor. Er bedrohte die Polizisten mit der Waffe.

Minuten später wimmelte es vor dem Haus von schwerbewaffneten und mit kugelsicheren Westen ausgerüsteten Beamten. Unter dem Kommando von Oberleutnant Johann Veith stürmten die Männer blitzschnell die Wohnung und entwanden dem Gewalttäter die Waffe.

(Quelle: Kronen Zeitung)

Der offenbar „resozialisierungsresistente“ Räuber

Im Dezember 1985 wurde ein 27-Jähriger erst aus der Strafhaft entlassen. Er hatte in einer bekannten Strafanstalt längere Zeit wegen mehrere Raubüberfälle „eingesessen“ – offenbar war er aber unbelehrbar und kaum resozialisiert gewesen.

In der Salisstraße in Wien-Penzing befand sich damals ein Haus, dessen Wohnungen an unterstandslose ehemalige Strafgefangene zu erschwinglichen Preisen vermietet worden waren. In diesem Haus ergatterte also der ehemalige Strafgefangene eine Unterkunft. Job hatte er keinen und war auch nicht wirklich gewillt, einen anzunehmen – war er doch schon einschlägig darin „geschult“, Geld auf andere – nicht so anstrengende – Weise zu beschaffen.

In seiner Unterkunft also bereits eingewohnt, machte er sich daher auf die Suche nach Geldbeschaffung und überfiel im Februar 1986 mit einem großen Küchenmesser bewaffnet ein Schneidergeschäft in der Hütteldorferstraße. Dieses Geschäft hatte er sich ausgesucht, da er dort nicht viel Risiko sah und außerdem tagsüber nur eine junge Verkäuferin dort arbeitete, von der er sich keinen Widerstand bei seiner Tat erwartete.

Er betrat also das Geschäft, als sonst keine anderen Personen darin waren und bedrohte die junge Angestellte mit dem mitgebrachten Küchenmesser, wobei er sie nach hinten in das Lager drängen wollte. Da ihm dies nicht ohne Weiteres gelang, würgte er die Frau.

Später bei der Vernehmung nach seiner Festnahme gab er unverblümt an: „Wenn ich sie ins Lager hätte drängen können, hätte ich sie vergewaltigt und erstochen!"

Die Verkäuferin hatte jedoch Glück, sie konnte in einem Moment der Unachtsamkeit des Täters aus dem Geschäft flüchten und die Polizei verständigen. Dem Räuber gelang vorerst die Flucht mit einer relativ geringen Beute an Bargeld! Im Zuge einer sofort ausgelösten Großfahndung konnte der Täter von uns im Stiegenhaus des oben erwähnten Wohnhauses gestellt, entwaffnet und festgenommen werden.

Die damaligen Orts- und Personalkenntnisse der örtlichen Kriminalbeamten hatten sich wieder einmal bewährt – wir ahnten schon, wo wir den Täter finden konnten! Bei der Vernehmung durch die zuständige Kriminalbeamtengruppe und mich gab der Mann noch einen weiteren Raub zu, den er vier Tage zuvor ebenfalls in Penzing mit einem Komplizen verübt hatte.

Die beiden Männer hatten in einem Lokal einen 39-jährigen gehbehinderten Homosexuellen kennengelernt und ihm, nachdem sie seine Neigung erkannt hatten, mit der Aussicht auf Sex dazu gebracht, sie in dessen Wohnung einzuladen. Dort fiel der Räuber über den Gehbehinderten her, traktierte ihn mit Fäusten und Handkantenschlägen, während der Komplize aufpasste, ob niemand zu Hilfe kam. Das Opfer war dabei schwer verletzt worden!

Die beiden Täter erbeuteten von dem nicht wohlhabenden Mann „bloß" einen Bargeldbetrag von 350 Schilling, die sie in Lokalen verprassten. Das Opfer hatte aus Scham und Angst vor den beiden nicht einmal Anzeige erstattet gehabt.

Der Komplize wurde nach dem Geständnis des „Haupttäters“ ebenfalls in dem genannten Männerwohnheim festgenommen. Beide wurden dem zuständigen Gefangenenhaus unter gleichzeitiger Anzeigeerstattung an das Gericht eingeliefert!

SONNTAG, 23. FEBRUAR 1986

Kaum entlassen: Frau überfallen!

Nur Minuten nach einem Raubüberfall auf ein Schneidergeschäft wurde der brutale Täter verhaftet – und gestand bei den Einvernahmen gleich einen zweiten Überfall, den er knapp vier Tage zuvor gemeinsam mit einem Freund verübt hatte! Das Opfer der beiden, ein Homosexueller, hatte aus Scham noch nicht einmal Anzeige erstattet . . .

Der 27jährige █████ █████ aus dem Männerwohnheim in der Salesstraße in Wien-Penzing – erst seit Dezember aus der Haft entlassen und einschlägig polizeibekannt – hatte sich Freitag gegen 8 Uhr früh das Schneidergeschäft in der Hütteldorfer Straße in Penzing „ausgesucht“: Mit einem Küchenmesser schüchterte er die Verkäuferin Helga J., 21, ein, würgte die junge Frau und „wenn i s' ins Lager bracht hätt, hätt i s' derstochen“!

Doch Helga J. gelang die Flucht. █████ entkam mit 110 Schilling Beute. Wenig später entdeckte ihn die Polizei jedoch im Stiegenhaus des Männerwohnheimes und nahm ihn fest.

Den Einvernahmen der Gruppe Dreischock unter Major Veith und Olt. König (Penzing) hielt er dann nicht stand: Er gab zu, in der Nacht auf Montag in einem Lokal den gehbehinderten Helmut S., 39, kennengelernt zu haben. Der Mann lud █████ und dessen Freund █████, 29, zu sich in die Wohnung ein – doch dort wurde Helmut S. von █████ niedergeprügelt und mit Handkantenschlägen schwer verletzt. Während █████ aufpaßte, erbeutete █████ 350 Schilling. Aus Scham und Angst hatte der Homosexuelle keine Anzeige erstattet.

Nach █████ Geständnis konnten die Beamten █████ – er wohnt ebenfalls im Männerheim – festnehmen.

INGRID GABRIEL

(Quelle: Kronen Zeitung)

Im „wilden“ Westen Wiens! „Ramazotti“ schlug (wieder mal) zu!

Anfangs August 1985 besuchte ein 38-jähriger Mann ein nicht gerade gut beleumundetes Lokal in Wien Penzing – im „Wilden Westen“ Wiens quasi!

Wie es schon manchmal in einem solchen Lokal zugehen mag, geriet er mit einem anderen Lokalgast in eine Diskussion, die letztendlich in einen veritablen Streit ausartete. Der andere – ein 31-Jähriger – fühlte sich angeblich von dem 38-Jährigen „angestänkert“ bzw. „blöd angeschaut“ und schon flogen die Fäuste.

Der 38-Jährige hatte nicht die geringste Chance gegen den kräftigen Angreifer und bekam zwei wuchtige Faustschläge gegen den Kopf und ins Gesicht ab, die ihn in „Wild-West-Manier“ im hohen Bogen über die immerhin 1 ½ Meter hohe Theke fliegen ließen, wo er im Glasscherbenmeer zahlreicher durch die Aktion zerbrochener Flaschen und Gläser landete.

Der unbekannte Täter – auch im Lokal wollte ihn von den wohlbekannten Gästen angeblich keiner namentlich kennen – flüchtete vor Eintreffen der telefonisch verständigten Polizei. Lediglich der Spitzname „Ramazotti“ konnte nach intensiven Befragungen von mir aus einigen Gästen „herausgequetscht“ werden.

Der Niedergeschlagene wurde von der von uns verständigten Rettung ins Spital gebracht – immerhin hatte er auch mehrere Rissquetschwunden und sonstige Blessuren am Kopf und im Gesicht! Vier Zähne hatte er auch ausgespuckt! Aufgrund des Spitznamens konnten meine Kriminalbeamten und ich nach intensiven Ermittlungen aber den wahren Täter ausforschen und sowohl seinen tatsächlichen Namen wie auch eine Adresse, an der er sich versteckt hatte, ermitteln! Ein einschlägig bekannter Gewalttäter, der schon früher bei Raufereien einige Leute verletzt hatte.

Als wir an der ermittelten Adresse ankamen, lauschten wir erst von außen an der Wohnungstüre und konnten Geräusche aus dem Wohnungsinneren wahrnehmen, die mit an Sicherheit grenzender Wahrscheinlichkeit darauf schließen ließen, dass sich jedenfalls mindestens eine Person darin aufhielt.

Sobald wir an der Türe dieser Wohnung, die sich im 1. Stock des Wohnhauses befand und deren Fenster zum Innenhof führten, angeklopft hatten, verstummten die Geräusche schlagartig und auf meinen Ruf „Polizei! Machen Sie auf!" gab es keine Reaktion.

Kurz darauf verständigten mich meine Mitarbeiter, die ich natürlich vorsorglich an der Hoftür des Innenhofs postiert hatte, per Funk, dass eine Person aus dem Fenster im 1. Stock gesprungen war und sich den rechten Knöchel verstaucht hatte.

Es war „Ramazotti"!

Er hatte sich in der Wohnung eines Freundes, der angeblich nicht wusste, dass „Ramazotti" gesucht worden war und ihm seine Wohnung zur Verfügung gestellt hatte, kurzfristig einquartiert.

Der Gesuchte wurde festgenommen und dem Kommissariat Penzing überstellt. Seine Verletzung am Knöchel war nur oberflächlich und vorübergehend und bedurfte keiner weiteren medizinischen Versorgung.

„Wild West“ in Penzing – der Spuk war nach kurzer Zeit vorbei! Einer meiner Kriminalbeamten und ich nahmen ihn fest! Der „Sheriff“ hatte ihn wohl der gerechten Strafe zugeführt! (Gehängt wurde er aber dann doch nicht!*g)

Schläger „Ramazotti“ wurde doch gefunden

Nur der Spitzname war von dem rabiaten Mann bekannt, der vor zehn Tagen in einem Penzinger Lokal einen 38jährigen Mann krankenhausreif geprügelt hatte. Trotzdem konnte „Ramazotti“ ausgeforscht und verhaftet werden.

„Ramazotti“ , 31, hatte sich im Espresso Vida in der Hütteldorfer Straße in Wien-Penzing angestänkert gefühlt. Sekunden später flog Franz Z. über die eineinhalb Meter hohe Theke nach Westernmanier in die Wein- und Biergläser. „Ramazotti“ hatte zugeschlagen, Franz Z. blieb mit Rißquetschwunden und ausgeschlagenen Zähnen zurück.

Doch Major Hans Veith aus Penzing kannte nach dessen auffälligem Spitznamen. Gemeinsam mit Bezirksinspektor Robert Schoderböck verhaftete er „Ramazotti“ am Montag.

(Quelle: Kronen Zeitung)

Nachts mit dickem Sack durch Penzing! – Es war aber nicht der Nikolaus

Im Jänner 1986 schlichen um drei Uhr früh zwei Männer durch die Straßen von Penzing. Einer der beiden trug einen prall gefüllten Sack über der Schulter mit sich. Es waren aber nicht Nikolaus und Krampus, die der Funkwagenbesatzung von „Norbert 1" dadurch auffielen!

Die beiden Männer kannten sich gut aus einer gemeinsamen Unterkunft in einem „Familienasyl" in Wien-Meidling und waren zu dieser Zeit wieder auf Diebstour – wie schon oft seit etwa einem Jahr! Die Sicherheitswachebeamten wollten die beiden kontrollieren, aber nur einer von ihnen konnte angehalten werden – der zweite, der mit dem prallen Sack – flüchtete sofort.

Eine wilde Verfolgungsjagd, an der sich mehrere zur Unterstützung per Funk angeforderte Polizeistreifen beteiligten, begann und endete erst im Nachbarbezirk, wo der Flüchtige letztendlich samt dem Sack gestellt werden konnte. Im Sack befand sich zahlreiche Diebesbeute, die sichergestellt wurde!

Bei den anschließenden Vernehmungen durch meine Kriminalbeamten und mich legten die beiden – ein 18-Jähriger und sein 38-jähriger Stiefvater (quasi ein Familienunternehmen) nach anfänglichem hartnäckigen Leugnen nach und nach ein umfassendes Geständnis ab:

Seit etwa einem Jahr hatten sie zahlreiche Einbruchsdiebstähle in Gartenhäuser, Zeitungskioske und Würstelstände begangen.

Dabei hatten sie nicht nur lose umherliegende oder in Behältnissen verwahrte Gegenstände gestohlen. Sie hatten unter anderem auch zwei Nachtkästchen und eine komplette Bettbank gestohlen und abtransportiert, so wie auch bei einem anderen Einbruch eine komplette Alarmanlage, die sie zuvor außer Betrieb gesetzt hatten, ausgebaut und mitgenommen.

Weiters hatten sie in den Bezirken Mariahilf und Meidling sowie am Wiener Westbahnhof mehrere Frauen überfallen und ausgeraubt, wobei einige leicht verletzt worden waren.

Das Diebesgut hatten sie teilweise im Dorotheum und sonstigen Pfandleihanstalten, auf Flohmärkten und in verschiedenen Lokalen „günstig“ verkauft. Detail am Rande: Während einer der Vernehmungen versuchte der 18-Jährige aus dem Fenster des Vernehmungszimmers zu springen, um zu flüchten. Er konnte von uns nur mühsam gebändigt und dadurch seine Flucht verhindert werden!

Im Zuge der noch weiteren durchgeführten Vernehmungen gestand der Bursche dann noch, dass an den Einbrüchen noch weitere Täter beteiligt gewesen waren. Es handelte sich um seine Freunde – zwei weitere 18-Jährige und einen 23-Jährigen. Diese weiteren drei Mittäter konnten von uns ausgeforscht und in weiterer Folge ebenfalls festgenommen werden. Im Zuge deren Vernehmungen gestanden die drei Männer ihre Beteiligung an mehreren Einbrüchen. Einige der gestohlenen Gegenstände konnten noch bei Hausdurchsuchungen sichergestellt werden.

DIENSTAG, 28. JÄNNER 1986

Sie kannten einander aus dem Familienasyl in der Kastanienallee in Wien-Meidling und gingen schließlich gemeinsam auf Diebstour. Als sie nach einem Jahr „Arbeit" gefaßt wurden, hatten sie mehr als 50 Einbrüche und etliche Raubüberfälle auf Frauen auf ihrem Konto. Schaden: eine halbe Million!

Nachts mit dickem Sack durch Penzing

Zwei Diebe „wie im Bilderbuch"

Zu auffällig trugen Friedrich H., 18, und sein Stiefvater Johann D., 38, vor einer Woche einen wohlgefüllten Sack durch die Poschstraße in Wien-Penzing. Sie fielen um 3 Uhr früh einer Polizeistreife auf. Friedrich H. konnte erst nach einer wilden Verfolgungsjagd samt seiner Beute gefaßt werden.

Dann gestand der Bursch sofort: Gemeinsam mit seinem besten Freund Christian G., 18, habe er, so erzählte er den Kriminalbeamten der Gruppe Mares unter Major Veith (Penzing), Gartenhäuser geplündert, Frauen in Mariahilf, Meidling und am Westbahnhof überfallen und einen Zeitungskiosk ausgeräumt. Gemeinsam mit Stiefvater Johann D. und den Freunden Heinrich Sp., 23, und Heinz-Peter W., 18, hatten die Burschen unter anderem zwei Nachtkasterln und eine Bettbank, einmal sogar eine komplette Alarmanlage (!) ausgebaut und abtransportiert. Die Beute hatten sie im Dorotheum, am Flohmarkt und in Kaffeehäusern verkauft. Alle gestanden, nur Heinrich Sp. versuchte, bei seiner Einvernahme zu flüchten: Die Beamten bändigten den Tobenden, ehe er aus dem Fenster springen konnte.

(Quelle: Kronen Zeitung)

Der Einbrecher als „Unglücksrabe"

„Waunst a Pech host – host a Glück a kans!" – so ein weiser Spruch eines Mundartdichters! Dies erlebte ein Einbrecher sprichwörtlich am eigenen Leib, der mit ausgebautem Autoradio und dem entsprechenden Einbruchswerkzeug – einem Schraubenzieher – in den Händen anfangs Mai 1986, mitten in der Nacht, in einem zuvor von ihm aufgebrochenen Pkw auf dem Parkplatz einer Tankstelle in der Hadikgasse in Wien-Penzing auf dem Beifahrersitz saß.

Im Zuge einer meiner zahlreichen Fahrten mit meinem Privat-Pkw und dem obligaten Funkgerät durch „meinen" Bezirk entdeckte ich die „dunkle Gestalt" im Pkw und kontrollierte diese, wobei ich die oben geschilderte Situation vorfand. Der Mann wurde von mir wegen Verdachts des Einbruchdiebstahls festgenommen und mittels eines per Funk herbeigerufenen Funkwagens zur weiteren Amtshandlung in das Kommissariat Penzing gebracht. Im Zuge der Einvernahmen durch meine Kriminalbeamten und mich musste der Festgenommene nicht nur diesen Autoeinbruch gestehen, sondern nach anfänglichem Widerstand gab er nicht nur diesen zu, sondern „legte nieder" (interner Ausdruck für „ein Geständnis ablegen"):

Zusammen mit einem Komplizen, der nach den ersten Vernehmungen auch von uns festgenommen worden war, hatte er insgesamt 3 Pkw gestohlen und daraus in einer „finsteren Ecke" Autoradios ausgebaut und sämtliche in den Fahrzeugen befindlich gewesenen Gegenstände, die zum Verkauf geeignet schienen gestohlen und dann in Lokalen an Unbekannte verkauft. Weiters gaben die Männer nach vorherigem Leugnen auch noch zehn Einbruchsdiebstähle aus diversen KFZ zu, die sie in den vergangenen fünf Wochen verübt und die daraus gestohlenen Gegenstände ebenfalls an Unbekannte verkauft hatten.

Zudem gaben sie auch zu, in ein Jäger-Vereinshaus im Bezirk Hollabrunn eingebrochen und dort Gegenstände gestohlen und veräußert zu haben. Dort hatten sie aber schon eineinhalb Jahre zuvor kein Glück: Sie brachen damals schon in dieses Vereinshaus ein, wurden jedoch auf der Flucht von der Gendarmerie gestellt und festgenommen.

Einbrecher vom Pech verfolgt

Den Schraubenzieher in der einen, das ausgebaute Radio in der anderen Hand. So wurde ███ 32, aus der Anstalt für entlassene Strafgefangene in Wien-Penzing erwischt. Schuldbewußt saß der Mann in der Vorwoche in einem geknackten Auto am Parkplatz der BP-Tankstelle Hadikgasse.

Wenig später gestand ███ bei Einvernahme durch die Kriminalbeamten (Gruppe IV, Major Veith) nicht nur drei Autodiebstähle und zehn Pkw-Einbrüche, die er mit dem ebenfalls erst vor wenigen Wochen aus der Haft entlassenen ███ 32, begangen hatte. Auf das Konto der Beiden ging auch ein Einbruch im Jäger-Vereinshaus Hollabrunn, der ihnen offenbar kein Glück brachte: Schon vor zweieinhalb Jahren hatten sie das Vereinshaus geplündert, auch damals waren sie kurz darauf verhaftet worden . . .

(Quelle: Kurier)

Der „entsprungene“ Häftling, der zum Millionenbetrüger wurde!

Schon Ende März 1986 war ein wegen Millionenbetrugs in der Strafanstalt Hirtenberg eingesessener Häftling bei Außenarbeiten geflüchtet und lebte seither als „U-Boot“.

Der Mann hatte sich vor seiner Verurteilung in den Jahren 1983 bis 1985 (!) zusammen mit Komplizen bei zahlreichen Pensionistinnen und Pensionisten mit dem „Schmäh“, von der Pensionsversicherungsanstalt zu kommen und mit den Leuten wegen eine angeblichen Pensionsnachzahlung sprechen zu müssen, Zugang in deren Wohnungen verschafft und diesen unter dem Vorwand, dass die Nachzahlungen auf deren Sparbücher eingezahlt würden, die Sparbücher samt Losungsworten herausgelockt.

Mit den erschwindelten Losungsworten behoben die Männer die Geldbeträge in Höhe von insgesamt etwa 3 Millionen Schilling und teilten sie untereinander auf.

Ehe die Männer damals ausgeforscht und verurteilt worden waren, versteckte der später entwichene Häftling Bargeld in Höhe von 460.000 Schilling in einem Keller eines Hauses in Wien-Leopoldstadt, um später sozusagen einen „Sparpolster“ zu besitzen.

Nachdem der Häftling nun aus der Strafanstalt entwichen war, begab er sich schnurstracks zum besagten Keller, grub das Geld aus und kaufte sich umgehend – man will ja nobel leben – einen roten Mercedes 190 E in AMG-Ausführung, mit dem er fortan umherfuhr und protzte. Auch bei etlichen seiner Freunde, die er auch generös einlud und so pro Woche etwa 150.000 Schilling verprasste.

Bei diesem luxuriösen Lebensstil war ihm jedoch bald das Geld ausgegangen und so begann er wieder mit seinem alten Trick zu arbeiten:

Er sprach wieder bei älteren Leuten in deren Wohnungen vor und gab diesen gegenüber an, dass sie von der Pensionsversicherungsanstalt eine Nachzahlung in Höhe von 10.000 Schilling erhalten würden, wobei er ihnen wieder die Sparbücher herauslockte und derart wieder zu größeren Geldbeträgen kam.

Dabei hatte er sogar die unglaubliche Frechheit, auch bei solchen Pensionisten vorzusprechen, die schon drei Jahre zuvor seine Opfer geworden waren, sich jedoch weder an ihn noch an die damalige Vorgangsweise erinnern konnten.

Als ich mit einem Mitarbeiter im Mai 1986 im Rahmen einer Streife durch Penzing fuhr, fiel mir der knallrote aufgemotzte Mercedes auf und ich hielt diesen an. Bei der Personenkontrolle flog auf, dass der Lenker der oben beschriebene entflohene Strafgefangene war, und er wurde von mir festgenommen.

Im Zuge von am Kommissariat von mir durchgeführten Vernehmungen, konnte ich dem Mann die neuerlichen Betrügereien – ebenfalls in Millionenhöhe – nachweisen und durch ein Geständnis von ihm untermauern.

Sein aktueller Komplize wurde von uns in einer Bankfiliale festgenommen, als er eben Bargeld, das von den begangenen Betrügereien stammte, von seinem Konto abheben wollte.

Gauner versprach Opfern Nachzahlung von Pensionsversicherung

Ein entsprungener Häftling betrog Frauen um 1,2 Millionen Schilling

Als Angestellter der Pensionsversicherungsanstalt gab sich der 23jährige entsprungene Häftling [geschwärzt] aus Linz bei zahlreichen Frauen in Wien aus. Er stahl aus zwanzig Wohnungen Sparbücher im Wert von 1,2 Millionen Schilling. Der Millionenbetrüger wurde verhaftet, nachdem ihn eine Zivilstreife in Wien-Penzing wegen Schnellfahrens gestoppt hatte.

[geschwärzt] war am 23. März aus der Strafanstalt Hirtenberg bei Außenarbeiten geflüchtet. Er saß dort wegen Betrügereien und Diebstählen. Mit Komplicen hatte er von 1983 bis 1985 Pensionistinnen Ersparnisse im Wert von drei Millionen Schilling herausgelockt. 460.000 Schilling von der Beute versteckte [geschwärzt] in einem Keller in Wien-Leopoldstadt.

Nach seiner Flucht aus dem Gefängnis fuhr er sofort dorthin, grub das Geld aus und kaufte sich einen knallroten AMG-Mercedes 190 E.

VON ERICH SCHÖNAUER

Er lud Freunde ein und gab so pro Woche rund 150.000 Schilling aus.

Als ihm das Geld ausging, begann er wieder, als falscher Pensionsversicherungsangestellter alte Frauen zu besuchen. Unter dem Vorwand: „Sie bekommen eine Nachzahlung in der Höhe von 10.000 Schilling" verschaffte er sich Eintritt in die Wohnungen. Er hatte sogar die Frechheit, wieder zu Opfern zu gehen, bei denen er schon einmal vor drei Jahren war. Vor den Penzinger Kriminalisten (Gruppe I, Major Veith) gab er bis jetzt zwanzig Tatbestände zu.

Seinen Komplicen, den 26jährigen [geschwärzt] aus Wien-Landstraße, konnten die Kriminalisten in einer Bank verhaften, als er gerade von einem Sparbuch Geld abheben wollte.

Die beiden wurden in das Wiener Landesgericht eingeliefert.

(Quelle: Kronen Zeitung)

Der „Amokfahrer“ – als harmloser Spaziergänger getarnt

Im Juli 1986 begab es sich, dass der Lenker eines blauen Opel Rekord mit Wiener Kennzeichen mit weit überhöhter Geschwindigkeit auf der Bundesstraße 1 im Gemeindegebiet von Tullnerbach in Niederösterreich nacheinander mehrere andere Fahrzeuge im Ortsgebiet in riskanter Weise überholte, wobei er diese derart „schnitt“, dass sie abrupt ihre Fahrzeuge abbremsen und verreißen mussten, um Verkehrsunfälle zu vermeiden.

Da dadurch eine eklatante Gefahr für den Straßenverkehr gegeben war, wollte die Besatzung eines an dieser Straße stehenden Streifenwagens der Gendarmerie den betreffenden Lenker durch deutlich und rechtzeitig gegebene Haltezeichen anhalten. Dieser gab jedoch Gas und flüchtete Richtung Wien.

Die Gendarmen nahmen mit ihrem Funkwagen sofort die Verfolgung des Pkw auf. Der Lenker entzog sich jedoch durch äußerst rücksichtslose Fahrweise und zahlreiche die Allgemeinheit gefährdende Fahrmanöver der weiteren Anhaltung und konnte zunächst entkommen. Eine Suche nach dem Fahrzeug verlief für die Streifenbesatzung vorerst negativ und sie brach ihre Streifung nach dem Pkw an der Stadtgrenze zu Wien ab, nicht ohne vorerst eine Funkfahndung nach diesem durchgegeben zu haben, die auch die Funkstelle in Wien erreichte, die die Fahndung sofort an alle Polizei-Funkwägen in Wien weiterleitete.

Minuten später wurde der gesuchte Pkw zwischen Feldwegen und Einfamilienhäusern, nächst einem kleinen Wäldchen in Wien-Penzing, in der Nähe der Herzmanskystraße entdeckt. Eine sofortige intensive Fahndung durch mehrere Funkwägen in der näheren und weiteren Umgebung des Auffindungsortes des abgestellten Fahrzeuges nach dem Lenker verlief ergebnislos und wurde nach etwa einer halben Stunde mangels Aussichtslosigkeit abgebrochen.

Ich beteiligte mich selbst mit mehreren meiner Kriminalbeamten ebenfalls an der Suche nach dem Lenker, zumal inzwischen ermittelt worden war, dass der Fahrzeugbesitzer schon seit eineinhalb Jahren polizeilich gesucht worden war, um etliche Ersatzfreiheitsstrafen für eine Unmenge an offenen Verwaltungsstrafen, die uneinbringlich gewesen waren, anzutreten. Seit der Fahrzeugbesitzer – wie sich später herausstellte auch der wilde Lenker – gesucht wurde, war er ein „U-Boot“, d. h. unauffindbar, da er an seiner gemeldeten Wohnadresse nicht mehr aufhältig war.

Und meine Hartnäckigkeit machte sich bezahlt: Kurze Zeit später fiel mir ein verdächtiger Mann auf, der – auffällig unauffällig – neben einem Pärchen ging, zu dem er offensichtlich nicht dazu passte. Der Verdächtige wurde von mir angehalten – und siehe da: Es war der gesuchte Lenker! Er wurde dem Kommissariat Penzing überstellt, wo er seine mehrwöchige Verwaltungsstrafe in Form von Ersatzarrest absitzen musste. Der Grund für seine wilde, gefährliche Flucht lag einerseits in den noch abzusitzenden Arreststrafen, andererseits jedoch in seiner aktuellen Alkoholisierung: Er hatte eine enorme Menge Alkohol im Blut!

Er floh, weil er Strafen ausständig hatte

„U-Boot“ in Wien entdeckt: Der Gesuchte fuhr Amok

Erst lieferte er der Polizei eine Verfolgungsjagd über Feldwege, dann „tarnte“ er sich als Begleiter zweier harmloser Spaziergänger.

Trotzdem konnte der Mann, der seit eineinhalb Jahren wegen zahlreicher Verwaltungsstrafen als U-Boot gelebt hatte, nicht entkommen!

Keine Verkehrsregeln gab es Samstag gegen 19.15 Uhr für einen blauen Opel Rekord mit Wiener Kennzeichen, der auf der Bundesstraße 1 bei Tullnerbach gesichtet wurde. Als die Gendarmerie versuchte, ihn zu stoppen, raste der Lenker erst recht davon und verschwand nach einer wilden Amokfahrt. Minuten später wurde der Opel auf einem Feldweg in der Herzmanskystraße in Wien-Penzing vom Funkwagen Norbert 1 wiederentdeckt. Doch der Lenker war verschwunden.

Doch die Kriminalbeamten gaben nicht auf: Gegen 19.45 Uhr streiften sie noch einmal zwischen Feldern und Einfamilienhäusern – und hatten Glück: Neben einem Pärchen, so, als gehörte er dazu, ging betont unauffällig der 34jährige ███ ███. Gerade deshalb fiel er Major Hans Veith auf, der mit Männern der Kripo-Gruppe I unterwegs war. Sie kontrollierten den „harmlosen Spaziergänger“ und hatten damit nicht nur den Amokfahrer, sondern auch noch ein seit eineinhalb Jahren gesuchtes „U-Boot“ gefaßt.

Die hohen, noch ausständigen Verwaltungsstrafen und der ebenso hohe Alkoholpegel waren der Grund für die Amokfahrt gewesen.

(Quelle: KURIER)

Lebensrettung eines Kindes durch einen Polizeieinsatz

Im September 1985 wurde das Kommissariat in Wien-Penzing durch das zuständige Gericht mit einem heiklen Auftrag betraut. Ein 14-jähriges rumänisches Kind, das mit seinen Eltern in Wien-Penzing lebte, litt an einer schweren Krankheit – einer Art von Darmverschluss. Im Spital wurde akute Lebensgefahr für den Buben diagnostiziert, weshalb dieser dringendst – am selben Tag – operiert hätte werden müssen – ein Stück des Darms musste entfernt werden. Die Eltern jedoch verweigerten die Zustimmung zur Operation! Begründung für die Verweigerung war, dass die Mutter des Jungen bei dessen Geburt im Spital fast gestorben wäre und die Eltern deshalb keinerlei Vertrauen in ein Krankenhaus hätten.

Da weder die Ärzte des Spitals noch eine Fürsorgerin der Jugendfürsorge die Eltern umstimmen konnten und tatsächlich akute Lebensgefahr für das Kind bestand, verständigten die Ärzte pflichtgemäß die Staatsanwaltschaft, durch die eine zwangsweise vorläufige Abnahme des Kindes von den Eltern und dessen sofortige Verbringung in das Krankenhaus mit anschließender Operation bei Gericht beantragt und von diesem auch sofort angeordnet worden war. Mit der Durchsetzung des gerichtlichen Befehls wurde die Kriminalabteilung des Koates beauftragt und so begab ich mich mit zwei Kriminalbeamten und mehreren Sicherheitswachebeamten des Kommissariats zum Wohnort des Jungen, wo uns nicht nur die uneinsichtigen Eltern, sondern auch mehrere Verwandte, die sie zur „Hilfe“ gerufen hatten, erwarteten. Diese mussten von uns mühsam „in Schach gehalten“ werden, um die Durchsetzung des gerichtlichen Befehls umzusetzen und das Kind zum bereitstehenden Rettungswagen zu bringen, mit welchem es zur rettenden Operation ins Spital gebracht werden konnte.

Die Operation wurde erfolgreich durchgeführt – das Kind wurde gerettet (und lebt heute noch)! Im Nachhinein waren auch die Eltern froh darüber, dass die Polizeiaktion dazu beigetragen hatte, dass ihr Sohn am Leben geblieben ist! Späte Einsicht – aber immerhin!

Erst Polizeigewalt brachte ein Kind zur rettenden Operation

Nur Polizeigewalt rettete Freitag vormittag in Wien-Penzing das Leben eines Kindes! Die Eltern hatten sich geweigert, den schwerkranken Sohn ins Krankenhaus bringen zu lassen. So mußten Polizisten den Buben gegen den Willen der Familie abholen und zur dringend notwendigen Operation begleiten.

Der 14jährige Daniel ■ aus der Beckmanngasse in Penzing ist Rumäne und wegen der Hirschsprung'schen Krankheit – einer Art Darmverschluß – in Behandlung. Freitag vormittag wurde das unheilbare Leiden akut. Eine Operation, bei der ein Stück Darm entfernt werden muß, um den lebensgefährlichen Darmdurchbruch zu verhindern, sollte sofort stattfinden.

Doch die Eltern, Konstantin und Radica ■ weigerten sich, das Kind einem Spital anzuvertrauen: Die Mutter sei bei der Geburt des kleinen Daniel in der Klinik fast gestorben, man habe kein Vertrauen. Auch die Fürsorgerin konnte die Eltern nicht überreden; die Mutter sperrte sich mit dem Buben sogar im Bad ein. So mußten Beamte der Funkstreifen Norbert 1 und 3 (Leitung Major Hans Veith, Penzing) die Eltern und zahlreiche Verwandte in Schach halten, um Daniel zum Rettungsauto zu bringen. In Begleitung eines Polizisten rasten die Helfer ins Allgemeine Krankenhaus, wo der Operationssaal schon vorbereitet war. Der Bub wurde gerettet.

(Quelle: Kurier)

Festnahme eines Vergewaltigers und Räubers nach wilder Verfolgungsjagd

Im Juni 1980 befand ich mich nachts mit zwei meiner Kriminalbeamten auf Streife mit dem Dienstwagen in Penzing, als durch die Funkstelle durchgegeben wurde, dass in der nicht sehr belebten Baumgartner Höhe, in der Nähe des damaligen Psychiatrischen Krankenhauses, eine Prostituierte von einem zunächst unbekannten Pkw-Lenker vergewaltigt und anschließend beraubt worden sei.

Durch die Frau war eine ungefähre Beschreibung des Pkw und ein Teil des Kennzeichens bekannt gegeben worden. Während ein Funkwagen der Sicherheitswache zum Tatort gefahren war und mit dem Opfer Kontakt aufnahm, streiften wir in der schon etwas weiteren Gegend dort, wo wir annahmen, dass der flüchtige Täter mit seinem Fahrzeug schon hätte kommen können. Tatsächlich konnten wir ein Fahrzeug, das der Beschreibung der Frau entsprach und bei welchem die beschriebenen Kennzeichenteile vorhanden waren, im Bereich der Breitenseer Straße wahrnehmen.

Beim Versuch, das Fahrzeug mittels Anhaltestab zu stoppen, flüchtete der Lenker des Pkw, der sich allein im Fahrzeug befand, stadtauswärts durch mehrere Straßen des Bezirks. In der Huttengasse gelang es dem Lenker des Dienstwagens, den Fluchtwagen zu überholen und ihn nach rechts zum Fahrbahnrand abzudrängen, wobei er das Dienstfahrzeug quer vor den Wagen stellte. Ich sprang rasch vom Beifahrersitz aus dem Dienstwagen, zog die Fahrertür des Fluchtautos auf, überraschte so den mutmaßlichen Täter, ehe er eine Reaktion setzen konnte, und zog ihn aus dem Wagen.

Da aufgrund der gegebenen Umstände und der Personsbeschreibung der dringende Verdacht bestand, dass es sich bei ihm um den Täter handeln könnte, wurde er vorläufig von mir festgenommen.

Kurz danach brachte der Funkwagen der SW das Opfer zum Anhalteort, wo von der Frau sowohl der Festgenommene als Täter, wie auch der Pkw, eindeutig identifiziert werden konnten.

Im Zuge der Befragungen und Vernehmungen stellte sich heraus, dass der Mann die Frau auf dem Straßenstrich in der Linzerstraße angesprochen und für Geschlechtsverkehr engagiert hatte. Als die beiden mit dem Pkw des Mannes an einem ruhigen Ort auf der Baumgartner Höhe angekommen waren und es ans Bezahlen gehen hätte sollen, bedrohte der Mann sie mit einem mitgebrachten Messer und vergewaltigte sie. Danach raubte er ihr die Handtasche und flüchtete mit dem Pkw. Die geraubte Handtasche mit dem Geld und anderen Utensilien darin konnte im angehaltenen Pkw des Mannes sichergestellt und dem Opfer nach Einvernahme wieder ausgefolgt werden.

Im Zuge der Vernehmungen des Täters stellte sich heraus, dass er noch weitere – bis dahin unaufgeklärte – Straftaten begangen hatte. So konnte ihm ein ähnlicher Raub an einer anderen Prostituierten einen Monat zuvor nachgewiesen werden, bei dem er sowohl Bargeld, wie auch mehrere von den „Kunden“ ausgestellte

Bar-Schecks, die er am nächsten Tag nach dem Überfall gleich auf der Bank einlöste, erbeutete. Weiters hatte er im Jahr 1978 auf besonders brutale Weise einer 72-jährigen Pensionistin nach einer Abhebung in ihrer Bank in ihrem Wohnhaus in Wien-Ottakring aufgelauert, sie bewusstlos geschlagen und ihr die Handtasche mit Bargeld und Sparbüchern entrissen. Die Greisin erlitt schwere Verletzungen am Kopf und es mussten ihr unter anderen Verletzungen 15 tiefe Platzwunden im Spital genäht werden.

Detail am Rande: Ein Jugendlicher, der seinerzeit dieses Raubes verdächtigt worden war, wurde durch die Festnahme des Täters entlastet! Die geraubten Sparbücher hatte der Täter noch in seiner Wohnung in Wien-Ottakring und wurden diese von uns im Zuge einer Hausdurchsuchung sichergestellt.

Weiters wurde dem Mann auch ein Einbruch in Wien-Döbling im Frühjahr 1978 nachgewiesen, bei dem er neben diversen Elektrogeräten auch Bargeld und ein Sparbuch mit einer Einlage von 57.000 Schilling erbeutet hatte. Auch dieses Sparbuch hatte der Täter noch in seiner Wohnung, wo es von uns ebenfalls sichergestellt werden konnte.

Jedenfalls hatten wir ihn gerade noch rechtzeitig „aus dem Verkehr gezogen“ – wer weiß, was dadurch noch alles verhindert wurde!

Überfälle auf Frauen und einen Wohnungseinbruch in Wien-Döbling gestand der 27jährige Jugoslawe , aus Wien-Ottakring, der – wie berichtet – am Wochenende nach einer wilden Verfolgungsjagd von einer Zivilstreife der Kriminalpolizei Penzing verhaftet worden ist. Auf der Westautobahn kam es zu einem neuen Überfall.

Bei der Baumgartner Höhe warf der Jugoslawe die 20jährige Christa K. aus Wien-Ottakring, nachdem er sie mit einem Messer bedroht hat, aus dem fahrenden Auto. Im Mai dieses Jahres entriß er der 27jährigen Christine M. aus Wien-Donaustadt die Handtasche und stieß sie in der Linzer Straße in Penzing aus dem rollenden Auto. 1978 überfiel er die 74jährige Pensionistin Karoline M. in einer Wohnhausanlage in Ottakring und schlug sie brutal nieder. Er raubte ihr das Sparbuch, die Schecks und Bargeld. Die Frau wurde so schwer verletzt, daß sie mehrere Wochen im Krankenhaus lag. Ein Jugendlicher, der damals verdächtigt wurde, den Raubüberfall verübt zu haben, wurde nun durch die Festnahme des Jugoslawen entlastet. Bei einem Einbruch in eine Wohnung in Döbling erbeutete der Jugoslawe ein Sparbuch mit 57.000 Schilling und mehrere Elektrogeräte. Bei einer Gegenüberstellung wurde der Täter von seinen Opfern eindeutig wiedererkannt. Die Kriminalbeamten der Gruppe II überprüfen nun unter Leitung von Oberleutnant Veith, ob der Mann noch andere Überfälle verübt hat.

Dirnen und alte Damen überfallen

Räuber verhaftet

Eine Reihe teils weit zurückliegender Überfälle und Einbrüche konnten mit der Verhaftung des 27jährigen Jugoslawen , der in der Nacht auf Samstag nach einem brutalen Überfall auf eine Prostituierte in Wien-Penzing von der Funkstreife gestellt wurde, aufgeklärt werden.

In mühevoller Kleinarbeit konnten Oberleutnant Veith und die Bezirksinspektoren M und B vom Kommissariat Penzing dem Jugoslawen einen weiteren Überfall auf eine Prostituierte im vergangenen Juni, bei dem der Räuber unter anderem von Kunden ausgestellte Schecks erbeutet hatte, und einen Einbruch in Wien-Döbling im Frühjahr 1978 nachweisen.

Aber auch ein besonders brutaler Überfall auf eine Pensionistin in Wien-Ottakring im Jahre 1978 geht auf das Konto des Gauners.

Manojlovic hatte damals der 72jährigen Karoline H. in einer Wohnanlage in der Koppstraße aufgelauert, ihr die Handtasche mit Sparbüchern und Bargeld entrissen und die Greisin bewußtlos geschlagen. Im Krankenhaus mußten die Ärzte 15 tiefe Platzwunden am Kopf des Opfers nähen. Die Sparbücher des Opfers fanden die Beamten nun bei der Hausdurchsuchung in der Wohnung des Täters in Wien-Ottakring: Die Beträge wurden längst abgehoben.

(Quelle: Kronen Zeitung)

Ein Schweizer im Pech! – Prügel und Raub durch den „Eidgenossen-Hasser

Ebenfalls im Juni 1980 lernte ein Schweizer Staatsbürger in einem einschlägigen nur für Männer vorgesehenen Lokal einen Österreicher kennen, mit dem er sich nach ein paar Drinks hervorragend zu verstehen schien. Schließlich einigten sich die beiden Männer darauf, gemeinsam in die Wohnung des Österreichers zu fahren, wo sie sich näher kommen wollten. Gesagt – getan!

Die beiden stiegen in den Pkw des Schweizers und der Österreicher dirigierte den Eidgenossen durch etliche diesem unbekannte Gassen, bis sie schließlich an einer wenig frequentierten Straße auf Geheiß des Einheimischen stehen blieben. Dort prügelte der Österreicher plötzlich wie wild auf den Schweizer ein, wobei er ihm etliche Verletzungen zufügte. Dann stieß er den Mann unter Drohungen, er würde ihn sonst umbringen, aus dessen eigenem Pkw und brauste mit diesem davon. Der Schweizer erstattete auf einem Wachzimmer in Penzing – dem Bezirk, wo er aus dem Auto geworfen worden war – Anzeige und die Kriminalisten von Penzing begannen mit umfangreichen Ermittlungen. Vom Täter waren lediglich eine vage Personsbeschreibung und die Tatsache bekannt, dass er eine Krücke trug. Trotzdem gelang es mir, durch intensive Erhebungen und Umfragen bei meinen „Zunds“ den vorerst unbekannten Täter auszuforschen. Als ich in Begleitung zweier Kriminalbeamten an der Wohnungstüre des Gesuchten läutete, hörte man zwar aus der Wohnung das Klingeln, jedoch wurde die Wohnungstüre nicht geöffnet. Erst als ich kräftig gegen die Wohnungstüre klopfte, öffnete der Verdächtige – er hatte so tief geschlafen, dass er das Klingeln nicht gehört hatte. Der Schlaf des „Gerechten“ war's aber offensichtlich nicht, denn noch in seiner Wohnung legte der Mann ein Geständnis ab und rückte auch die Autoschlüssel des geraubten Fahrzeugs heraus, die er unter seiner Matratze versteckt hatte.

Der Grund, warum er so ausgerastet war, den Schweizer verprügelt und ihm sein Auto geraubt hatte: Der Schweizer hätte sich ihm im Fahrzeug während der Fahrt und nach dem Anhalten des Fahrzeuges sexuell genähert und ihm auch auf sein Geschlechtsteil gegriffen. Da er als Minderjähriger einmal von zwei Schweizern fast vergewaltigt worden wäre und seither ohnehin alle Schweizer hasste, habe er ihn verprügelt und ihm seinen Pkw geraubt. Nach dem vollständigen Geständnis des Täters und der Sicherstellung des geraubten Autos in der Nähe seiner Wohnung wurde er auf freiem Fuß angezeigt.

Eidgenossen-Hasser revanchierte sich

Verprügelter Schweizer vermißte sein Auto

Nicht einmal das anhaltende Schrillen der Türklingel konnte Donnerstag mittag den 19-Jährigen beschäftigungslosen Gerhard K. aus Wien-Neubau aufwecken. Dabei schlief der junge Mann keineswegs den Schlaf der Gerechten, und die ungebetenen Mittagsgäste waren die Kriminalbeamten Veith und Dreischock vom Kommissariat Wien-Penzing.

K. stand unter Verdacht, in der Nacht auf Montag den 60jährigen Schweizer Staatsbürger Alfred G., den er in einem, als Homosexuellentreff bekannten Lokal kennengelernt hatte, nach einer turbulenten gemeinsamen Autofahrt verprügelt und anschließend in der Baumgartner Straße in Penzing unter Drohungen aus dem Auto gejagt zu haben. Danach war der Bursche mit dem grauen Citroën des Opfers davongebraust.

Trotz einer mageren Personsbeschreibung – auffällig war nur, daß der Täter eine Krücke benützt hatte – gelang es den Beamten, die Identität des Flüchtigen zu klären. Schließlich klopften sie an der Wohnungstür. Aus dem Schlaf gescheucht, gestand K. die Autoentführung und kramte auch gleich die passenden Schlüssel aus der Matratze.

Beim Verhör gab er später an, Annäherungsversuche des Schweizers hätten ihn in Wut gebracht. Er habe ohnehin „einen Haß“ auf alle Schweizer, weil er als Bub einmal beinahe von zwei Eidgenossen vergewaltigt worden wäre. K. wurde auf freiem Fuß angezeigt.

(Quelle: Kronen Zeitung)

Der Schlingenwürger!

Als sich der Notrufbeamte des Polizeinotrufs der Wiener Polizei an einem Freitag gegen Mitternacht am Telefon meldete, hörte er eine schwer atmende Frau am anderen Ende der Leitung, die offenbar in höchster Not schrie: „Hilfe! Ich bin grad überfallen worden!" Die Frau konnte gerade noch angeben, dass sie sich in einer bestimmten Penzinger Gasse bei einer Telefonzelle befand. Kurz darauf traf der von der Funkstelle zum Einsatzort beorderte Funkwagen dort ein.

Die offensichtlich völlig geschockte und beim Eintreffen der Beamten am ganzen Körper zitternde Frau gab an, dass sie sich auf dem Heimweg befunden habe, als ihr plötzlich und unerwartet ein unbekannter Mann, der ihr schon zuvor gefolgt war, eine aus einem Seil bestehende Schlinge um den Hals warf, zuzog und sie mit einer Hand an der Brust betastete. In weiterer Folge versuchte der Mann, sie durch eine Hauseinfahrt in den begrünten Innenhof eines dort befindlichen Wohnhauses zu zerren – offenbar in der Absicht, sie dort zu vergewaltigen.

Die Überfallene wehrte sich verzweifelt und schrie laut, wodurch in einigen der dort befindlichen Wohnungsfenster im Erdgeschoß Licht gemacht und Fenster in den Hof geöffnet wurden. Dadurch sowie durch die Schreie und Gegenwehr der Überfallenen offenbar gestört, ließ der Täter von seinem Opfer ab und ergriff die Flucht.

Nicht nur durch mehrere Funkwägen der Sicherheitswache, sondern auch durch meine Kriminalbeamten und mich wurde in der näheren und weiteren Umgebung nach dem Täter gefahndet, von dem eine annähernd gute Personsbeschreibung vorgelegen war. Tatsächlich konnte ich aufgrund der Beschreibung gemeinsam mit einem Kollegen, der mit mir gefahren war, nach einiger Zeit den offenbaren Täter im Bereich der Penzinger Straße anhalten und festnehmen.

Bei der sofortigen Gegenüberstellung wurde der Angehaltene vom Opfer eindeutig als Täter identifiziert und zur weiteren Amtshandlung dem Kommissariat Penzing überstellt. Weiters wurde die von der Frau beschriebene Schlinge in seiner Hosentasche gefunden und sichergestellt.

Am Kommissariat wurde der Mann von mir vernommen und gab schließlich zu, die Frau in der Absicht, sie zu vergewaltigen, überfallen und mittels der mitgeführten Schlinge gedrosselt zu haben. Durch die heftige Gegenwehr, die Schreie und die geöffneten Fenster der Anwohner habe er jedoch schließlich von der Vergewaltigung abgelassen und sei geflüchtet.

Durch uns wurden nach der ersten Einvernahme auch noch ungeklärte ähnliche Überfälle der Vergangenheit ins Visier genommen (heute durch die digitalen Möglichkeiten wohl ein „Klacks" – damals musste man mühsam einschlägige Fernschreiben mit Tatbeschreibungen durchblättern). Dabei waren mir zwei ähnlich Überfälle mit demselben „modus operandi" aus dem Vorjahr, bei denen Frauen ebenfalls von einem Unbekannten von hinten überfallen, mittels einer Seilschlinge gedrosselt, in einen Hinterhof gezerrt und dort vergewaltigt worden waren, aufgefallen. Weil es sich geradezu auffällig um den gleichen modus operandi handelte, wurde der Mann damit konfrontiert und nach anfänglichem Leugnen legte er auch hinsichtlich dieser bis dahin ungeklärten Taten ein volles Geständnis ab.

Da es damals in Österreich noch keine DNA-Abgleiche etc. gab, wurde sein Geständnis, in dem er die Tat haargenau schilderte, und dies sich mit den damaligen Tatprotokollen deckte, ebenso zum Beweis, wie eine anschließende einwandfreie Identifizierung des Täters durch die überfallenen und vergewaltigten Opfer vom Vorjahr. In weiterer Folge wurden noch weitere Ermittlungen durch die Kriminalbeamten des Wiener Sicherheitsbüros dahingehend durchgeführt, ob es sich bei dem Festgenommenen nicht auch um den sogenannten „Karfreitagsmörder“ mit einem ähnlichen modus operandi handeln könnte. Diese Erhebungen ergaben jedoch, dass der „Karfreitagsmörder“ nicht mit unserem Täter zu tun hatte.

Sittlichkeitsverbrecher verhaftet: Mit Schlinge drei Frauen überfallen

10.000 Schilling Belohnung hat jetzt auch das Innenministe-ium für die Ausforschung des „Karfreitag-Mörders“ ausge-etzt. Damit erhöht sich die „Kopfgeldprämie“ auf den Ver-recher, der die 16jährige [illegible] erstochen hat, uf insgesamt 35.000 Schilling. Im Zuge der Fahndung wurde n Wien schon wieder ein Triebtäter gefaßt, der drei Frauen nit einer Schlinge gewürgt und mißbraucht hatte.

„Schnell, ich bin überfallen wor-en“, hörte Freitag, kurz nach Mit-rnacht, der Telefonnotrufbeamte er Wiener Polizei die Schreie einer rau. Sekunden später raste ein unkstreifenwagen in die Teyber-asse nach Penzing, wo die 20jäh-ge Brigitte W. zitternd in einer elefonzelle wartete. Die Ange-eilte war auf dem Heimweg von nem Mann verfolgt worden. Auf ffener Straße warf der Verbrecher er 20jährigen plötzlich von hinten ne Schlinge um den Hals und zog t.

„Er hat mich gewürgt und be-stet. Nur weil ich noch schreien onnte und um mich schlug, ist er avongelaufen“, erzählte Brigitte W. einend den Polizisten. Da die berfallene eine gute Personsschreibung liefern konnte, wurde der Mann kurze Zeit später in der Penzinger Straße von Kriminalbeamten angehalten und erkannt. Im Verhör durch [illegible] gestand der Triebtäter, der 27jäh-

VON HANNES KRAUTZER UND ERICH SCHÖNAUER

rige [illegible], zwei weitere Überfälle; im Sommer des Vorjahres hatte er ebenfalls seine Opfer mit einer Schlinge gewürgt und mißbraucht.

Auch dieser Verbrecher wird jetzt zum „Karfreitag-Mord“ an der 16jährigen [illegible] überprüft. Seit die Kriminalisten des Wiener Sicherheitsbüro die Personsbeschreibung des vermutlichen Messermörders (er trug einen hellen Trenchcoat, ist 25 bis 30 Jahre alt und hat kurze, dunkle Haare) veröffentlichten, ist eine Flut von konkreten Hinweisen eingelangt: „Viele Verdächtige sind namentlich bekannt“, freuen sich Dr. Demel und Gruppeninspektor Kellner. „Allerdings sind solche beigen Mäntel mehr verbreitet, als man glaubt.“ Trotzdem geben die Beamten jeder Spur gewissenhaft nach.

Vier Tage, nachdem die Inhaberin des Modegeschäfts „Englische Flotte“ eine Belohnung von 25.000 Schilling für die Ergreifung des Mörders ausgesetzt hat, reagierte auch das Innenministerium: 10.000 Schilling ist die Höhe der offiziellen Prämie – im Amtsjargon „Auslobung“ genannt –, die Freitag genehmigt wurde …

(Quelle: Kronen Zeitung)

Bei einer Amtshandlung einen Polizisten schlagen zu wollen, war nicht unbedingt sehr klug

Eines Nachts fuhr ich mit zwei Kriminalbeamten als Kommandant der „Täglichen Funkwagenstreife" mit dem Kripo-Funkwagen „Kripo 1", als wir über Funk mithörten, dass die Besatzung eines anderen Kripo-Funkwagens eine Amtshandlung in einem mir schon bekannten berüchtigten Lokal in Penzing durchführte und von dort anwesenden Gästen südosteuropäischer Herkunft beschimpft und in ihrer Amtshandlung behindert wurden.

Da mir das in „meinem" Bezirk liegende Lokal zur Genüge bekannt war – unter anderem wurde dort öfters auch dem verbotenen Glücksspiel (Stoß) gefrönt – begaben wir uns mit unserem Zivilfunkwagen ebenfalls zum genannten Ort.

Bei unserem Eintreffen in dem besagten Lokal fanden wir die drei Kollegen des anderen Kripowagens und vier uniformierte Kollegen zweier Bezirksfunkwägen ratlos im Lokal vor. Die Gäste wie üblich: unter anderen auch zwei offenbar südosteuropäischer Provenienz entstammende Männer um die 30 Jahre alt.

Die Kollegen des zweiten Kripowagens hatten nach einem mit Haftbefehl gesuchten Mann Ausschau gehalten, der sich unregelmäßig in dem Lokal aufhalten sollte. Bei der Frage nach den Ausweisen diverser Verdächtiger begannen die beiden oben angeführten Männer die Kriminalbeamten und danach auch die eingetroffenen Sicherheitswachebeamten zu verhöhnen und zu beschimpfen und auch eine bedrohliche Haltung (Boxerstellung) einzunehmen.

Auch bei meinem raschen Eintreffen im Lokal war die geschilderte Situation noch gleich. Ich wies mich nun gegenüber den beiden Männern mit meiner Dienstkokarde aus und forderte sie zur Ausweisleistung auf, was die beiden zu höhnischem Lachen und herabwürdigenden Äußerungen veranlasste.

Als mich nun einer der beiden mit einer Hand am Arm packte und mit dem anderen Arm mit erhobener Faust ausholte, um damit unmittelbar gegen meinen Kopf zu schlagen, war schon alles klar: Die Festnahme wurde ausgesprochen – die Armwinkelsperre angewandt und der Angreifer wurde von mir aus dem Lokal geführt und zum Dienstwagen gebracht.

Das alles ging blitzschnell und überraschend – vor Aufregung begann der zweite Mann unvermutet leicht zu zittern und stellte seine Beschimpfungen umgehend ein. Auch dem von mir mittels Armwinkelsperre aus dem Lokal Gebrachten war das Lachen und Höhnen im Gesicht gefroren und er schwenkte im Augenblick auf ein normales Verhalten um.

Nach Ausweisleistung der beiden Männer und Überprüfung, dass es sich bei keinem der beiden um den mittels Haftbefehl Gesuchten handelte, wurden die beiden wegen Verwaltungsübertretungen und versuchten „Widerstands gegen die Staatsgewalt“ angezeigt, und da sie ihr Verhalten eingestellt hatten, auf freiem Fuß belassen.

Als sie wieder ins Lokal zurückgekommen waren und ich gerade durch die Lokaltüre nach draußen ging, hörte ich noch verhalten, wie drinnen einer von den mir bekannten Penzinger „Strizzis“ zu dem vorübergehend Festgenommenen sagte: „Du Trottel! Des woar der Veith, bei dem derfst net deppert sein!“

Straßenraub „auf italienische Art"

Aus Italien kennt man so bezeichnete „Straßenraube", bei denen die Täter mit einem Motorrad oder Auto dicht an Passanten oder andere Fahrzeuglenker heranfahren, der Beifahrer entreißt dem Opfer die Handtasche oder sonstige nicht fest verankerte Gegenstände. Danach flüchten der Fahrer und Beifahrer mit dem Tatfahrzeug – noch ehe das Opfer noch richtig realisiert hat, was da eben passiert ist.

Dies wollte im Mai 1979 auch ein „Gaunerpärchen" aus Niederösterreich nachahmen, die dadurch schnell und ohne großes Risiko zu leichtem Geld kommen wollten. Ein Kellner und seine Freundin, eine Serviererin, nahmen diese erfolgreich scheinende Methode auf und verwendeten dabei – man ist ja schließlich dem Vorbild verpflichtet – einen wendigen italienischen Kleinwagen als Tatfahrzeug. Abwechselnd lenkte einer von den beiden das Auto, der andere am Beifahrersitz führte die unmittelbare Tat aus. Der (die) jeweilige Lenker(in) fuhr knapp an am Gehsteigrand gehende Passanten heran – die oder der jeweilige Beifahrer(in) schnappte sich blitzschnell die vom Opfer getragene Hand- oder Einkaufstasche und mit quietschenden Reifen entfernte sich das Fahrzeug rasant vom Tatort, ohne dass Opfer oder andere Personen noch erfasst hatten, was da vor sich gegangen war. Listigerweise hatten sie kurz zuvor das Heckkennzeichen des Autos abmontiert, sodass von allfälligen Zeugen auch kein Kennzeichen abgelesen werden konnte. So auch in Wien-Hietzing, dem Nachbarbezirk von Penzing, wo sie auf diese Weise einer 88-jährigen Pensionistin die Einkaufstasche samt Geldbörse mit

200 Schilling Inhalt entrissen hatten.

Kurz nach dieser Tat versuchten es die beiden in Penzing, wo sie einer 73-jährigen Pensionistin ebenfalls mit demselben modus operandi die Handtasche entrissen. Pech aber für die beiden „Wahl-Italiener“, dass ich im Augenblick dieser Tat gerade wieder mal mit meinem Privatwagen und dem Funkgerät am Tatort vorbeifuhr und die Tat beobachtete. Sofort nahm ich mit meinem Pkw die Verfolgung des Tatfahrzeuges auf und forderte per Funk Unterstützung an, sodass ich nach kurzer Flucht mit Unterstützung eines Funkwagens die Täter einige Gassen weiter stellen und festnehmen konnte.

In den anschließenden Einvernahmen konnten den beiden noch fünf gleichartige Taten in anderen Bezirken Wiens nachgewiesen werden, bei denen einige Opfer leicht verletzt worden waren. Die beiden wurden dem zuständigen Gericht eingeliefert.

Gangsterpaar mit Auto überfiel Passanten am Gehsteig

Straßenraub nach Italien-Vorbild!

Die heimtückischen italienischen Straßenräuberbanden waren das „Vorbild“ eines Gaunerpärchens aus Niederösterreich: Mit einem Kleinwagen ohne Nummerntafeln fuhren sie knapp an Passanten vorbei und entrissen ihnen die Handtaschen. Sie gestanden in Wien sieben Überfälle.

„Unsere liebsten Opfer waren alte Leute. Die konnten nicht so schnell reagieren und um Hilfe schreien ...“, gaben der Kellner ████ (29) aus Leobersdorf (NÖ) und seine Freundin, die Serviererin ████ (21) aus Baden bei Wien, nach ihrer Verhaftung zu. Das skrupellose Verbrecherpärchen hatte bei seinen Raubzügen italienische Straßenbanden kopiert. Sogar ihr Auto war italienisch – ein kleiner, wendiger Autobianchi, mit dem sie direkt an Gehsteige heranfuhren und ahnungslosen Passanten das Handgepäck entrissen. Dann flüchteten sie ohne Heckkennzeichen, um nicht identifiziert werden zu können.

Freitag wurde auf diese Weise der 88jährigen Pensionistin Leopoldine G. in der Schweizertalstraße in Wien-Hietzing die Einkaufstasche mit 200 Schilling geraubt. Nur Minuten später kam es zum zweiten Überfall. In Wien-Penzing rissen die Gauner der 73jährigen Helene K. die Tasche aus der Hand. Ein aufmerksamer Polizeibeamter aber konnte den Pkw stellen. Das Pärchen zählte gerade die Beute. Beim Verhör gestanden ████ und ████ fünf gleichartige Überfälle in Wien, wobei mehrere Opfer leicht verletzt wurden.

(Quelle: Kronen Zeitung)

Der fingierte Überfall auf eine Tankstelle und anderes! – „Der Bock als Gärtner“

Im Dezember 1978 erstattete ein Tankwart einer Tankstelle in Wien-Penzing, Hütteldorferstraße, Anzeige wegen eines Raubüberfalles.

Er gab an, dass er in den Nachtstunden Dienst auf der betreffenden Tankstelle gehabt hätte. Als sich sonst keine Kunden im Tankstellenbereich befanden, öffnete sich plötzlich die Türe und ein unbekannter Mann, welcher wie der bekannte Schlagersänger Heino ausgesehen habe, hätte den Kundenraum betreten.

Der Unbekannte habe einen Kanister mit Frostschutzmittel verlangt und als sich der Tankwart nach einem Kanister bückte, hätte der Täter dem Tankwart eine schwarze Pistole an den Kopf angesetzt und gedroht, ihn zu erschießen, wenn er nicht den gesamten Kasseninhalt „herausrücke“. Dadurch sei der Tankwart gezwungen gewesen, dem Täter die gesamte Tageslosung in Höhe von etwa 10.000 Schilling auszuhändigen, wonach dieser die Flucht ergriffen habe. Der Tankwart gab an, noch gesehen zu haben, wie der Räuber in ein am Tankstellengelände abgestelltes Fluchtauto mit steirischem Kennzeichen stieg, auf dessen Beifahrersitz ein N.... (Anm.: Diese Bezeichnung darf heute nicht mehr verwendet werden.) saß. Sodann hätten beide Männer mit dem Auto die Flucht in unbekannte Richtung ergriffen.

Schon als ich die Anzeige las, kam mir die Geschichte etwas eigenartig vor – aber bitte: Es soll ja nichts geben, was es nicht gibt, wie das Sprichwort sagt.

Als aber der Tankwart nach etwa zwei Wochen neuerlich eine Straftat auf der Tankstelle, nämlich einen angeblichen Einbruch anzeigte, bei dem Geld aus der Kasse gestohlen worden sei, läuteten bei mir die Alarmglocken und es wurde bei der Tatortbesichtigung festgestellt, dass bestimmte Wahrnehmungen nicht mit den Angaben des Anzeigers übereinstimmten. So war u. a. beispielsweise die Türe zum Tankstellenraum nicht versperrt, obwohl der Tankwart fest behauptet hatte, dass er die Türe nach seinem Dienst versperrt hatte, und es gab keinerlei Einbruchsspuren.

Aus diesen Gründen hegte ich den dringenden Verdacht, dass dieser Einbruch vorgetäuscht worden war, und begann mit eindringlichen Vernehmungen des Tankwarts. Dieser legte nach Vorhalt der Widersprüche schließlich ein Geständnis ab, dass der Einbruch von ihm erfunden worden war, da er Schulden habe und dringend Geld dafür benötigte, zumal er schon mehrere Mahnungen erhalten hatte.

Da ich gerade schon dabei war, befragte ich den Tankwart auch nochmals nach dem zuvor angezeigten Überfall – und siehe da: auch dieser war von ihm fingiert worden. Beide von ihm beschriebenen Täter, weder der „Heino“ noch der andere angebliche N....., waren je am Tatort, sondern er selbst hatte das Geld aus der Kasse unterschlagen und den Raub nur erfunden. Weil es bei dieser Geschichte so gut geklappt hatte, hatte er kurz darauf auch den angeblichen Einbruch erfunden. Im Zuge noch weiterer Einvernahmen gab der Mann auch noch acht weitere Diebstähle zu, die bereits angezeigten Taten geordnet werden konnten.

Sonntag, 21. Jänner 1979 — LOKALES

Heino und ███ erfunden: Der Überfall war fingiert

Um seine Kreditschulden zurückzahlen zu können, fingierte der 29jährige Tankwart ███ aus Wien-Fünfhaus einen Raubüberfall und vier Kasseneinbrüche. Er behauptete, von einem Mann, der angeblich wie der Schlagersänger Heino aussah, überfallen worden zu sein. Jetzt flog der Schwindel auf. Der Tankwart wurde von der Kriminalpolizei Penzing verhaftet.

VON ERICH SCHÖNAUER

Die Serie der vorweihnachtlichen Überfälle nützte der 29jährige Tankwart, um rasch zu Geld zu kommen. Als er wieder einmal von einem Anwalt ein Mahnschreiben erhielt und aufgefordert wurde, seine fälligen Kreditraten zu bezahlen, kam er auf die Idee, einen Überfall vorzutäuschen. Er wartete, bis er allein im Kassenraum der Selbstbedienungstankstelle in der Hütteldorfer Straße in Wien-Penzing war und rief am 11. Dezember des Vorjahres die Polizei an. Ganz aufgeregt erzählte er den Beamten: „Ein Mann, der aussah wie der Schlagersänger Heino, kam herein und verlangte einen Kanister Frostschutzmittel. Als ich mich bückte, setzte mir der Unbekannte plötzlich eine Pistole an. Es blieb mir nichts anderes übrig, als die Tageslosung in der Höhe von 10.000 Schilling herzugeben." Laut Aussagen des angeblich Überfallenen saß in dem Fluchtwagen mit steirischem Kennzeichen auf dem Beifahrersitz während des Überfalls ein etwa 35jähriger ███

Nachdem er mit dem ersten Überfall anscheinend Erfolg hatte, erstattete er kurze Zeit später neuerlich Anzeige und tischte den Beamten wieder ein Märchen von einem Unbekannten auf, der auf unerklärliche Weise Geld aus der Kassa und dem Tresor stiehlt. Die Polizei vermutete zuerst, daß es sich bei den Tätern um ehemalige Tankstellenmitarbeiter handelt, die einen Nachschlüssel besitzen. In der Nacht zum Freitag machte er jedoch einen entscheidenden Fehler. ███ schlich sich nach Dienstschluß wieder in die Tankstelle, stahl Geld und erstattete die Anzeige. Er vergaß aber nach der Tat die Tür wieder zuzusperren ...

Nach seiner Verhaftung gestand Peter Hornik bei seiner Einvernahme durch Dr. Fehervary, Oberleutnant Veith und Bezirksinspektor Kuznia

(Quelle: Kronen Zeitung)

Scharfe Schüsse vom „Maurerhantl“

Fast kein Tag verging 1979 in einem berüchtigten Gasthaus in Wien-Penzing ohne Schlägerei und Zertrümmerung von Mobiliar. Das „Publikum“ dort war entsprechend – fast immer betrunken und stets zu Gewalttätigkeiten aufgelegt. Auch Schusswaffen waren dort schon öfter zum Einsatz gekommen – nicht durch die Polizei, sondern durch manche Gäste, wovon zahlreiche Einschusslöcher in den Wänden Zeugnis ablegten! Im Juni 1979 war es eines Tages zu später Stunde wieder mal so weit:

Ein 27-jähriger Gast, der schon oft im Lokal gewesen war, hatte ein paar Vierterl zu viel getankt und war mit anderen Gästen vorerst in einen verbalen Streit geraten, der bald in Handgreiflichkeiten ausartete. Schließlich zog der wegen zahlreicher Gewalttaten schon oft Vorbestrafte eine Faustfeuerwaffe aus dem Hosenbund, rief, dass er alle umbringen wolle, und zielte auf einen im selben Lokal anwesenden Gast jugoslawischer Abstammung, mit dem er schon am Vortag in einen veritablen Streit geraten war. Gleich darauf gab er einen Schuss auf diesen Mann ab.

Infolge seiner Alkoholisierung war seine Treffgenauigkeit jedoch massiv getrübt und das aus seiner Waffe abgefeuerte Geschoss traf den Fußboden, prallte von diesem ab und flog als „Querschläger“ durch das Lokal. Zum großen Glück wurde dabei aber niemand getroffen und verletzt. Der Jugoslawe, dem der Schuss gegolten hatte, rannte schreiend aus dem Lokal – der Schütze mit der Waffe hinterher.

Als kurze Zeit später die ersten durch Gäste per Telefon verständigten Funkwägen am Ort des Geschehens eintrafen, waren sowohl der Schütze wie auch sein verfehltes „Ziel“ bereits spurlos verschwunden und konnten auch im Zuge einer Sofortfahndung nicht mehr aufgespürt werden.

Auch ich war kurz darauf mit einem Kriminalbeamten am Tatort eingetroffen und wir begannen mit den Befragungen der Gäste. Keiner wusste einen Namen des Schützen, aber ein Spitzname konnte bei den Befragungen erfahren werden: „Der Maurerhantl war's!“ *)

Diesen Spitznamen hatte der später ausgeforschte Mann erhalten, da es seine Spezialität war, mittels eines solchen Werkzeugs Einbrüche zu verüben, indem er Mauern zu seinen Objekten damit durchbrach, um seine Beute zu machen.

Schon am Ende der Tatortbefragungen wurde durch die Funkstelle durchgegeben, dass ein Unbekannter mit einer Faustfeuerwaffe bewaffneter Mann von Passanten dabei beobachtet worden war, wie er in ein Wohnhaus durch Aufbrechen der Haustüre in der Nähe der „Schmelz“ (einem Siedlungsgebiet im angrenzenden 15. Bezirk) gelangt war.

Da von mir nicht ganz unbegründet ein Zusammenhang zwischen dem gesichteten bewaffneten Mann und „unserem“ Schützen vermutet wurde, begab ich mich mit den vor Ort befindlichen Kräften und zusätzlicher Anforderung von Kräften einer Spezialabteilung ohne Aufschub zum neuerlichen Einsatzort, wo nach einer

Durchsuchung des genannten Wohnhauses, der sich hinter einem Stiegengeländer versteckt gehaltene Täter aufgespürt und festgenommen wurde. Die Faustfeuerwaffe wurde bei ihm sichergestellt und durch die anschließenden Ermittlungen war klargestellt, dass es sich bei dem Mann um den gesuchten „Maurerhantl" handelte.

*) Der Maurerhammer (auch „Maurerhantl") ist ein spezieller Hammer, mit dem Maurer Steine formgerecht zurechtschlagen.

Gasthausschießerei in Wien-Penzing führte zu Großalarm

Antiterrortruppe verfolgte Gangster bis in Hausflur!

Zum Glück ohne Blutvergießen endete Donnerstag abend der Amoklauf eines betrunkenen Berufsganoven in einem Gasthaus in Wien-Penzing: Der 27jährige [illegible], genannt „das Maurerhantl", zog plötzlich eine Pistole und begann auf Gäste zu schießen. Auf der Flucht wurde er vom Antiterrorkommando der Wiener Polizei gestellt und in einem Stiegenhaus verhaftet.

Zu trauriger Berühmtheit war das Gasthaus [illegible] in der Goldschlaggasse [illegible] für die angrenzenden Polizeiwachzimmer schon seit Jahren gelangt: „Hier gibt es fast täglich eine Schlägerei, und in den Wänden kann man zahlreiche Einschüsse entdecken ..." erinnert ein Beamter vom Kommissariat Penzing. Donnerstag abends heulten dort wieder die Polizeisirenen.

Nach dem Genuß von einigen „Vierterln" war der 27jährige, mehrfach vorbestrafte [illegible] plötzlich aufgesprungen. Er hielt eine Pistole in der Hand und drohte: „Ich bring euch alle um." Dann schoß er auf einen jugoslawischen Gast, mit dem er zuvor in Streit geraten war. [illegible] war aber schon so betrunken, daß die

VON HANNES KRAUTZER

Kugel gegen den Fußboden prallte, als Querschläger durch das Lokal pfiff, aber zum Glück niemanden verletzte. Mit Hilfeschreien rannte der Bedrohte ins Freie und konnte noch nicht ausgeforscht werden. [illegible] lief hinter ihm nach. Als Minuten später alarmierte Polizeibeamte eintrafen, wußten Zeugen nur: „Das war das ‚Maurerhantl'." [illegible] hatte diesen Spitznamen erhalten, weil er bei Einbrüchen auf das Durchbrechen von Wänden spezialisiert war.

Zu dem spektakulären Polizeigroßeinsatz kam es erst, als Passanten meldeten, daß ein unbekannter Mann in ein Wohnhaus an der Schmelz, gleich neben dem Gasthaus von Ex-Boxeuropameister Hans Orsolic eingedrungen war. Da eine Schießerei befürchtet wurde, umzingelte das Antiterrorkommando „Kranich" der Wiener Polizei den Gebäudekomplex. Mit schußsicheren Westen fanden sie den flüchtigen Gangster, der zusammengekauert hinter einem Stiegengeländer saß. Seine Pistole hatte er auf der Flucht versteckt.

(Quelle: Kronen Zeitung)

Endstation Penzing – für einen Autodieb und seinen Komplizen!

Im Juni 1980 stahl ein 16-jähriger Bursche aus Oberösterreich in Aurolzmünster einen Pkw und fuhr gemeinsam mit seinem 15-jährigen Freund als Beifahrer in Richtung Wien. Insgesamt legten sie etwa 300 Kilometer mit dem Pkw zurück. Im Zuge ihrer Fahrt kreuz und quer kamen sie auch nach Schwadorf (NÖ), wo ihnen der Sprit fast ausgegangen war. Sie tankten das gestohlene Fahrzeug an einer Tankstelle voll und fuhren, ohne zu bezahlen, davon.

Durch die Gendarmerie wurde eine Großfahndung nach dem gestohlenen Fahrzeug eingeleitet, die jedoch vorerst negativ verlief.

Ich war mit meinem Dienstwagen und Funkgerät wieder mal in Penzing unterwegs. Gemeinsam mit Kollegen des Funkwagens „Martha 1" (Hietzing) nahm ich im Bereich der Wiener Westausfahrt zur Westautobahn A1 Aufstellung. Wir standen gerade mal eine Viertelstunde dort, als ich den gesuchten Pkw wahrnahm, der von der Hadikgasse kommend auf die Westautobahn auffuhr.

Gemeinsam nahmen wir die Verfolgung auf und konnten den Pkw schon nach kurzer Zeit im Bereich der „Umkehrschleife" der Autobahnmeisterei stellen, indem wir ihn kurzerhand mit unseren Fahrzeugen „einzwickten" und zum Anhalten brachten.

Die beiden Burschen wurden festgenommen und der gestohlene Pkw sichergestellt.

● Fast dreihundert Kilometer fuhren der 15jährige Kurt S. und sein 16jähriger Freund Alfred T. aus Aurolzmünster (Oberösterreich) mit einem gestohlenen Auto bis Wien. Als sie in Schwadorf tankten und ohne zu zahlen davonfuhren, wurde über Funk eine Großfahndung nach den Ausreißern eingeleitet. Bei der Wiener Westausfahrt gelang es Oberleutnant Veith von der Kriminalpolizei Penzing und der Funkstreife Martha 1 die Buben festzunehmen.

(Quelle: Kronen Zeitung)

Und noch einmal Autodiebe: Endstation Penzing!

1981 machte eine dreiköpfige Bande innerhalb von zwei Wochen einige Bezirke Wiens unsicher! Sie brachen nachts Autos auf, schlossen sie kurz und brausten davon. Die Fahrzeuge verbrachten sie in abgelegene Straßenzüge, bauten dort brauchbare Ersatzteile aus und verscherbelten diese anschließend in Lokalen.

Zum Verhängnis wurde ihnen jedoch Penzing, als eines der Bandenmitglieder mit einem gestohlenen Fahrzeug in der Linzerstraße aufgrund seiner wilden Fahrweise gegen eine Straßenbahn stieß. Endstation für ihn – quasi!

Der Autodieb flüchtete vom Unfallort mit dem gestohlenen Fahrzeug. Mehrere Funkwägen und auch ich – der ich gerade wieder mal unterwegs war – beteiligten sich an der sofort eingeleiteten Fahndung.

Ich sichtete den Wagen, während er gerade über die Baumgartner Höhe und den Heschweg Richtung Ottakring flüchtete, verfolgte ihn und forderte über Funk Verstärkung an. Mitten am engen Heschweg war die Verfolgung dann auch zu Ende: Ein Funkwagen stand quer über die Fahrbahn, sodass der Täter nicht mehr weiterfahren konnte. Der Dieb versuchte zwar noch zu Fuß zu flüchten, dies war jedoch zwecklos: Er wurde nach wenigen Metern gefasst und festgenommen!

Bei den folgenden Einvernahmen des Festgenommenen wurden auch seine beiden Mittäter bekannt, die ebenfalls festgenommen wurden.

Insgesamt konnte den drei Tätern der Diebstahl von achtzehn Pkw nachgewiesen werden, bei denen sie Fahrzeugteile und Autoradios demontierten und verkauften. Noch vorhandene aus den Fahrzeugen ausgebaute Teile konnten bei diversen Hausdurchsuchungen sichergestellt werden.

WIEN aktuell

● Autodiebe

Eine dreiköpfige Bande, die sich auf Autodiebstähle spezialisiert hatte, wurde von der Polizei verhaftet, nachdem einer von ihnen mit einem gestohlenen Wagen gegen eine Straßenbahn prallte und flüchten wollte. Bei der Einvernahme durch die Kriminalpolizei Penzing (Oberleutnant Veith, Gruppe 2) gestanden Leopold P. (25), Leopold H. (24) und Herbert T. (25) insgesamt acht Autodiebstähle.

(Quelle: Kronen Zeitung)

Belobigung der Kriminalisten durch den Polizeipräsidenten für zahlreiche sehr erfolgreiche Amtshandlungen

Aufgrund zahlreicher außergewöhnlicher Erfolge in der Kriminalitätsbekämpfung wurden meine Kriminalbeamten, der in die Amtshandlung involvierte Polizeijurist und ich öfters durch den Polizeipräsidenten geehrt und ausgezeichnet. Das heutzutage stattfindende jährliche Event „133er-Award" – „Polizeigala" im Wiener Rathaus (jeweils am 13.3. jedes Jahres, bei dem in verschiedenen Kategorien Polizeibeamte öffentlichswirksam geehrt werden, gab es damals noch nicht und so erfolgten die Auszeichnungen und Ehrungen erfolgreicher und außergewöhnlicher Polizeibeamter – sowohl aus Reihen der damaligen Sicherheitswache wie auch der Kriminalbeamten – im „kleinen Rahmen" durch den Polizeipräsidenten in den Festräumen der damaligen Bundespolizeidirektion Wien.

(Foto: Johann Veith)

Wie erst die Polizeidienstkappe – dann der „Verursacher“ zu Boden kamen

Als ich in Penzing wieder einmal mit meinem Privatwagen und dem Funkgerät im Bezirk unterwegs war, gab es durch die Funkstelle einen Einsatz zu einem Gemeindebau im Bezirk. Einsatzgrund: Mehrere Randalierer hatten mutwillig im Stiegenhaus eine Fensterscheibe zertrümmert.

Bei meiner Ankunft am Einsatzort – kurz nach dem Eintreffen von zwei Funkwägen der Sicherheitswache – fand ich folgende Situation vor:

In einer Wohnung des Gemeindebaus befanden sich neben dem Wohnungsmieter noch eine Gruppe von etwa 6-8 Männern – alle so um die 18 bis 25 Jahre alt – Freunde des Mieters. Allesamt alkoholisiert und „gut drauf“!

Fast alle dieser Burschen waren mir von früheren Amtshandlungen mehr oder weniger gut bekannt – sie waren teilweise Mitglieder einer Biker-Gruppe und hatten schon einige Male wegen Randalierens, Körperverletzungen, Diebstählen etc. Bekanntschaft mit der Polizei gemacht. Durch andere Mieter des Hauses wurde den Funkstreifenbeamten mitgeteilt, dass die Männer kurz zuvor im Haus laut umhergegrölt und einer von ihnen mutwillig eine Fensterscheibe des Stiegenhauses eingetreten hatte.

Tatsächlich war wahrzunehmen, dass im Stiegenhaus zwischen zwei Stockwerken eine Fensterscheibe in einer Fensternische zertrümmert war. Glassplitter lagen teilweise in der Fensternische und auf den Stufen vor dem Fenster – wie sich später herausstellte, wurde die Scheibe mutwillig aus Jux und Tollerei eingeschlagen.

Bei der Sachverhaltsaufnahme, welche durch die Sicherheitswachebeamten völlig emotionslos und ruhig stattfand, begann plötzlich einer der Burschen die Beamten anzuschreien und zu beschimpfen und zu drohen, dass er sie „alle in die Gosch'n hauen" würde. Unmittelbar darauf stieß er einen der Beamten mit der Hand gegen die Brust, um kurz darauf einem zweiten SWB mit einem wuchtigen Schlag gegen dessen Kopf die Dienstkappe herunterzuschlagen, wobei der Schlag auch teilweise den Kopf des SWB traf.

Ich reagierte instinktiv und umgehend: Noch während sich die Kappe des betroffenen Polizisten im freien Fall zum Boden befand und der Angreifer neuerlich auf den Beamten einschlagen wollte, wandte ich in Sekundenbruchteilen eine „geheime" Kampftechnik an, die den Angreifer blitzartig zu Boden brachte, ohne dass er jedoch dadurch verletzt worden wäre.

Gleichzeitig erklärte ich den Täter für festgenommen (Widerstand gegen die Staatsgewalt), wendete die „Armwinkelsperre" an und brachte den Mann zum vor dem Haus stehenden Funkwagen, in den ich ihn „verfrachtete". Die anderen in der Wohnung befindlichen Männer, die mich wohl auch von früheren Begegnungen sehr gut kannten, waren von meiner raschen Reaktion und deren Folgen für den „Dienstkappenschläger" derart überrascht und beeindruckt, dass sie keine weiteren Aktionen gegen die Polizisten mehr setzten und die Amtshandlung danach ohne weitere Vorfälle von den SWB zu Ende gebracht werden konnte.

Damals mussten die uniformierten Polizeibeamten nach dem Aussteigen aus dem Funkwagen vor einer Amtshandlung noch die Dienstkappe aufsetzen – heute sieht man dies eher selten. Aufgrund des damaligen Vorfalles, der seinerzeit sicher nicht der einzige dieser Art war, kann ich das aber gut verstehen! Dienstkappen von Polizisten fliegen daher heutzutage – so oder so – nicht mehr während einer Amtshandlung vom Kopf des Beamten!

Aber immer weniger Achtung vor dem Gesetz und dessen Vertretern führen zu anderen Vorfällen, die es früher eigentlich nur in Ausnahmefällen gegeben hatte:

Heute werden leider immer öfter Polizisten während Amtshandlungen beschimpft, bespuckt, körperlich angegriffen und mehr oder weniger schwer verletzt.

Der „Semmelgelbe“ – Autodieb durch genaue „Personsbeschreibung“ seines Hundes gefasst!

Anfangs 1981 überquerte ein 81-jähriger Mann ordnungsgemäß die Kreuzung Wien 14., Breitenseerstraße – Kendlerstraße, als er unvermutet von einem Fiat 124, der von einem unachtsamen Lenker gelenkt wurde, erfasst und niedergestoßen wurde. Der Lenker stieg kurz aus dem Fahrzeug, überreichte dem verletzten Unfallopfer eine Visitenkarte, stieg wieder ein und raste davon, ohne dem Verletzten auch nur in irgendeiner Weise zu helfen oder Rettung und Polizei zu verständigen.

Wie sich bei den Unfallerhebungen herausstellte, war der Pkw gestohlen und die Visitenkarte falsch, bzw. von einer anderen, nicht beteiligten, Person.

Sowohl das Unfallopfer, wie auch einige Unfallzeugen, konnten von dem Fahrerflüchtigen nur eine vage Personsbeschreibung abgeben – dafür aber eine ziemlich genaue von einem Hund, den der Mann bei sich gehabt hatte. Es handelte sich um einen auffällig semmelgelben Mischlingshund.

Durch umfangreiche Ermittlungen konnte festgestellt werden, dass nicht unweit – im Nachbarbezirk Ottakring – regelmäßig ein Mann mit einem derart auffälligen Hund spazieren gehen solle. Daraufhin wurde eine Hundebeschreibung an alle Beamten in Penzing und Ottakring weitergegeben.

Als ein paar Tage später der Verdächtige mit seinem auffälligen Hund „äußerln“ ging, wurde er von den Beamten einer Funkstreife an Hand der Beschreibung seines Hundes angehalten, festgenommen und dem Kommissariat Penzing überstellt.

Im Zuge der eindringlichen Befragungen durch meine Kriminalbeamten und mich, legte der Verdächtige schließlich ein Geständnis ab: Er hatte nicht nur diesen Unfall verschuldet, sondern auch den Pkw gestohlen – außerdem war er ohne Lenkerberechtigung unterwegs gewesen.

In den nachfolgenden Vernehmungen konnten ihm noch weitere sechs Autodiebstähle und ein weiterer Verkehrsunfall mit Fahrerflucht nachgewiesen sowie zwei Komplizen dieser Taten ausgeforscht und festgenommen werden.

Sein auffälliger Hund hatte zu seiner Ausforschung und Festnahme geführt!

Die (gerade noch) Verhinderung der Vergewaltigung eines 16-jährigen Mädchens

Eines schönen Sommertages rief mich eine Penzinger Bürgerin an und teilte mir mit, dass eine Freundin ihrer 16-jährigen Tochter sie darüber informiert hatte, dass diese von einem „amtsbekannten" Mann im Bezirk in einem nahe dessen Wohnung gelegenen Lokal angesprochen worden war und von ihm auf einige „harte" Getränke eingeladen worden wäre. Als das Mädchen schon einigermaßen alkoholisiert war, hakte er sich bei ihm unter und brachte es in seine Wohnung. Als die Freundin dagegen protestierte, sagte er zu ihr, dass sie sich „schleichen" solle, denn er werde „die Kleine" jetzt vernaschen. Die Mutter befürchtete, dass ihre Tochter gegen ihren Willen in der Wohnung des Mannes sexuell missbraucht werden könnte.

Da der Mann schon – wie oben angeführt – in Hinsicht auf sexuelle Delikte und auch wegen mehrerer Körperverletzungsdelikte bei uns am Kommissariat „amtsbekannt" war, schien zu befürchten, dass er allenfalls das minderjährige Mädchen gegen dessen Willen zum Geschlechtsverkehr nötigen könnte. Aus diesem Grunde begab ich mich mit einem meiner Kriminalbeamten ohne Verzug zur Wohnung des Verdächtigen.

Bei der Wohnungstüre angekommen, lauschten wir an der Türe und konnten aus der Wohnung die Stimme eines Mannes und ein deutliches Weinen und Schluchzen hören. Als ich an der Wohnungstüre läutete, trat zunächst schlagartig Stille ein. Ich klopfte daraufhin kräftig an die Wohnungstüre, wobei nach kurzer Pause eine männliche

Stimme aus der Wohnung fragte: „Jo, wos is denn?“ Ich sagte daraufhin laut: „Pauli (*), mach auf! Hier ist die Polizei!“ (* Name aus Datenschutzgründen verändert)

Der Wohnungsinhaber öffnete daraufhin die Tür, sah und erkannte mich (von früheren Amtshandlungen) und fragte, was los sei. Im Hintergrund konnte ich auf einem Liegemöbel ein fast nacktes Mädchen erkennen, das schluchzend weinte und völlig „aufgelöst“ schien.

Ich forderte das Mädchen (es stellte sich gleich darauf heraus, dass es sich um jenes handelte, das von seiner Mutter gesucht worden war) auf, sich anzuziehen und befragte es an Ort und Stelle, was geschehen war.

Das Mädchen erzählte, dass sie von dem ihr bekannten Mann vor einem Lokal angesprochen worden wurde, als sie mit ihrer Freundin unterwegs war und der Mann habe sie auf harte Getränke in dem Lokal eingeladen. Als sie getrunken hatte, habe sie die Wirkung des Alkohols schon etwas stärker gespürt, worauf sie der Mann am Arm genommen und sie unter dem Vorwand, bei ihm zu Hause noch etwas zu trinken und Musik zu hören, mit sanfter Gewalt in seine Wohnung gebracht habe.

Dort angekommen, goss er ihr noch einen Wodka in ein Glas ein und nötigte sie mehr oder weniger, diesen zu trinken. Dann sagte er zu ihr, dass er sie jetzt „ordentlich durchficken“ werde und begann, sie auszuziehen. Als das Mädchen nur mehr ihren Slip und den BH am Körper trug, hatten wir schon an der Wohnungstüre geläutet, wodurch gerade noch Schlimmeres verhindert worden war. Der Verdächtige wurde vorerst festgenommen und wegen versuchter Vergewaltigung und anderer Delikte zur Anzeige gebracht – nach Rücksprache mit dem Staatsanwalt wurde er danach wieder auf freien Fuß gesetzt.

Die Minderjährige wurde schließlich ihrer Mutter übergeben. Sowohl die Mutter, wie auch das Mädchen waren am Ende heilfroh, dass wir so rasch reagiert und eine mögliche Vergewaltigung verhindert hatten.

Die Wirtshauseinbrecher – auf frischer Tat während einer Kripo-Streife ertappt!

An einer Häuserecke an einer Kreuzung einer sehr verkehrsbelebten Straße mit einer Seitengasse in Penzing befand sich einst in einem alten Biedermeierhaus ein relativ großes Wirtshaus – noch im „alten" Einrichtungsstil mit einer Biertheke im Inneren, alten Tischen und Stühlen. Der Eintritt war durch die Türe an der Eckenstirnseite möglich – vorwiegend jedoch für Gäste – Einbrecher kamen eher durch den Hintereingang im Haus. Das Wirtshaus gibt es schon längere Zeit nicht mehr.

Eines Nachts, gegen 02.30 Uhr, war ich mit einem Kollegen im Zuge einer kriminalpolizeilichen Bezirksstreife in den Straßen und Gassen Penzings zu Fuß unterwegs. Wie von mir geplant, gingen der Kollege und ich jeweils an den gegenüberliegenden Häuserzeilen der Straßen entlang, um allenfalls aufgebrochene Geschäftstüren oder ähnliche Hinweise auf Einbruchsdiebstähle zu entdecken. Als ich an dem oben genannten Wirtshaus vorbeiging, bemerkte ich aus den Augenwinkeln einen kurzen Lichtschein wie von einer Taschenlampe hinter den Auslagenscheiben des Lokals. Ich bedeutete dem Kollegen, zu mir zu kommen, und wir versuchten der Ursache auf den Grund zu kommen.

Da die Eingangstüre zum Lokal versperrt und nicht durch Einbruchsspuren beschädigt war, sahen wir uns um das Lokal herum um und bemerkten, dass die sich daneben befindliche Haustüre unversperrt war. Auch dort waren keine Einbruchsspuren erkennbar. Da mir „mein Gespür" jedoch sagte, dass hier etwas „faul" sein dürfte, betraten wir das Wohnhaus und gingen auf leisen Sohlen zum Hintereingang des Gasthauses. Und siehe da: Tatsächlich konnten wir dort Einbruchsspuren und eine offene Türe feststellen. Unter Beachtung der Eigensicherung – Dienstwaffe in der Hand – betraten wir das Lokal und durchsuchten es leise. Unter der Theke hatte sich ein Einbrecher versteckt! Als er sich von uns entdeckt sah, sprang er unter der Theke hervor und flüchtete Richtung Hintertüre, konnte jedoch von mir eingeholt, mittels eines Jiu Jitsu-Griffs zu Boden gebracht, festgenommen und mit Handschellen versehen werden.

Nachdem wir den festgenommenen Einbrecher den Kollegen des zur Unterstützung per Funk angeforderten Funkwagens zur Überstellung zum Kommissariat übergeben hatten, durchsuchten wir das Gasthaus nochmals gründlich und konnten in einem Nebenraum einen zweiten Täter entdecken, der sich unter einem Tisch versteckt hatte.

Auch dieser wurde festgenommen und dem Kommissariat überstellt. Bei beiden Tätern wurde Einbruchswerkzeug gefunden und sichergestellt. Durch einen Werkzeugspurenvergleich zwischen einem der Werkzeuge (Schraubenzieher) und den Spuren an der aufgebrochenen Hintertüre konnte ein gerichtsverwertbarer Spurenbeweis gefunden werden.

Die Trickdiebinnen aus Südosteuropa

In den 1990er-Jahren häuften sich in Penzing und Umgebung Straftaten mit folgendem modus operandi:

Zwei Frauen – südosteuropäischen Aussehens und Kleidung – beobachteten offensichtlich ältere Damen, die alleine wohnten und forschten deren Alltagsgewohnheiten aus.

In weiterer Folge läuteten sie an den Wohnungstüren der beobachteten Damen an – wenn von diesen geöffnet wurde, täuschten die beiden vor, dass einer von ihnen, die aussah, als wäre sie hochschwanger, übel sei und baten um ein Glas Wasser. In den meisten Fällen kamen die hilfsbereiten älteren Damen mitleidig der Bitte nach und ließen die Frauen argslos in die Wohnung ein.

Sobald die Bewohnerin der vermeintlichen Schwangeren ein Glas Wasser in der Küche zubereitete, schlich sich die zweite an ihr vorbei und stahl im Wohnzimmer aus diversen Behältnissen, Laden und umherliegenden Handtaschen Geld, Schmuck und andere kleine Wertgegenstände, die sie in der Schnelligkeit rasch zusammenraffen konnte.

Die Täterinnen konnten jedes Mal unerkannt entkommen, jedoch lag im Laufe der Zeit eine recht gute Personenbeschreibung der beiden vor. Im Laufe der Monate hatte sich bereits eine beträchtliche Anzahl an derartigen Straftaten ereignet – nicht nur in Penzing, sondern auch in den umliegenden Bezirken, bis Purkersdorf und Mauerbach.

Eines Tages fuhr ich mit meinem Pkw und dem Funkgerät in einem Siedlungsgebiet Penzings, als ich aus einem Einfamilienhaus zwei Frauen südosteuropäischen Aussehens heraustreten sah, eine davon offenbar schwanger. Da die Personenbeschreibung offensichtlich auf die Verdächtigen der zuvor bekannt gewordenen Straftaten passte, rief ich per Funk einen Funkwagen zur Unterstützung und hielt die beiden Frauen zur Kontrolle an.

Kurz darauf traf der angeforderte Funkwagen bei mir ein. Während die Kollegen des Funkwagens bei den beiden Angehaltenen blieben, begab ich mich zu dem Haus, aus dem die beiden Frauen kurz zuvor gekommen waren, und läutete dort an.

Die Hausbewohnerin, eine 82-jährige Dame, kam aus dem Haus und ich fragte sie, ob kurz zuvor die beiden Frauen bei ihr gewesen waren. Als sie dies bejahte und mir erzählte, dass die „Schwangere" um ein Glas Wasser gebeten habe, da ihr übel gewesen sei, war für mich fast schon alles klar. Ich bat die Bewohnerin nachzusehen, ob ihr allenfalls Geld, Schmuck oder sonstige Wertgegenstände fehlen würden.

Kurze Zeit später kam sie wieder aus dem Haus und teilte mir mit, dass eine goldene Halskette, 4 Ringe und ein Bargeldbetrag von 2.600,00 Schilling aus ihrer Geldbörse, die sie in ihrer Handtasche auf dem Wohnzimmertisch abgestellt gehabt hatte, fehlten.

Ich begab mich zu den beiden angehaltenen Frauen, wo mir einer der beiden SWB mitteilte, dass eine der beiden Frauen „unauffällig" etwas unter einen dort geparkten

Pkw geschoben habe. Bei einer sofort durchgeführten Nachschau unter diesem Pkw konnten die von der Hausbewohnerin beschriebenen Schmuckstücke vollzählig – in ein Stofftaschentuch gewickelt – vorgefunden und sichergestellt werden.

Die beiden Verdächtigen wurden daraufhin von mir wegen Verdachts des Diebstahles festgenommen und dem Kommissariat Penzing überstellt. Bei der dort anschließend vorgenommenen Personsdurchsuchung konnte Bargeld etwa in der Höhe des gestohlenen Betrags vorgefunden werden und wurde ebenfalls sichergestellt.

In den anschließenden Vernehmungen gaben die beiden Verdächtigen, eine 35-jährige und eine 52-jährige Rumänin, insgesamt 61 derartige Straftaten zu. Die meisten der erbeuteten Schmuckstücke hatten sie in einigen Lokalen an Unbekannte verkauft, das Geld für ihren Lebensunterhalt verbraucht. Bei einer Hausdurchsuchung in einer Wohnung, in der die beiden Täterinnen unangemeldet zusammen wohnten, konnte noch weiterer gestohlener Schmuck sichergestellt werden. Der Gesamtschaden betrug circa 280.000 Schilling.

Nach Abschluss der Ermittlungen wurden beide Täterinnen dem Landesgericht für Strafsachen Wien überstellt. Der sichergestellte Schmuck wurde, soweit dies noch eruierbar war, den betreffenden Geschädigten über Anordnung des Gerichts ausgefolgt.

Wie sich ein junger Polizeijurist wegen meiner Körpergröße/versus meines „Rufes“ erstaunt zeigte!

Im Laufe der Zeit hatte ich mir aufgrund der von mir mit meinem Kriminalbeamtenteam erzielten Aufklärungserfolge einen gewissen „Ruf“ – sowohl in Polizeikreisen, wie auch in der Öffentlichkeit – verstärkt auch durch Medienberichte – erworben! Auch hatte es sich wohl herumgesprochen, dass ich – obwohl ich nicht sehr hoch gewachsen war – einige Kampfsportarten beherrschte und diese auch bei diversen Amtshandlungen, wenn es die Umstände erforderten, erfolgreich anwandte.

Bei Menschen, die mich daher bis dahin persönlich nicht kannten, wohl aber von mir schon gehört oder gelesen hatten, war offenbar die Vorstellung, wie ich körperlich beschaffen war, anders als die Realität.

Eine andere Sache war, dass fast alle jungen Polizeijuristen, die zur Dienstleistung dem Bezirkspolizeikommissariat Penzing zugeteilt wurden, zwar ihr Jus-Studium und die Ausbildung an der Verwaltungsakademie des Bundes hinter sich hatten, jedoch meist keine oder wenig praktische Erfahrung in der Kriminalitätsbekämpfung. Die kann man sich ja auch meist nur in der Praxis aneignen.

Und so war es nicht nur einmal der Fall, dass manch junger Jurist, der frisch von der Verwaltungsakademie dem Kommissariat zugeteilt war, sich nicht nur beim Stadthauptmann und den anderen Juristen und Verwaltungsbediensteten vorstellte, sondern auch zu mir kam und ersuchte, ob er bei kriminalpolizeilichen Amtshandlungen und Streifungen mitfahren könne, um die Praxis vor Ort kennenzulernen.

Ich war damit voll einverstanden und es entwickelte sich dadurch auch stets eine kameradschaftliche Verbundenheit zwischen uns. Alle profitierten davon und – wie ich schon erwähnte – alle Bediensteten im Kommissariat „zogen an einem Strang", was die Aufklärung von Straftaten enorm erleichterte!

Und so kam es auch, dass eines Tages wieder einmal ein junger Polizeijurist dem Kommissariat neu zugeteilt worden war und im Zuge seiner „Vorstellungsrunde" auch zu mir kam.

Ein fescher, junger, sympathischer Mann – etwa 190 cm groß – kam in mein Zimmer, stellte sich mit seinem Namen vor und sagte zu mir: „Aha! Sie sind also der Major Veith! Ich habe schon so viel Positives über Sie gehört und gelesen! Aber bei allem, was ich über Sie gehört und gelesen habe, hatte ich mir eigentlich immer vorgestellt, dass Sie viel größer wären!"

Wir haben damals beide sehr herzlich über diesen Ausspruch gelacht und der junge Polizeijurist und ich sind – bis sich unsere beruflichen Wege wegen unseres Dienststellenwechsels trennten – sehr gute Freunde geworden, die auch privat viel miteinander unternommen hatten.

Damals: „informelle“ Ausrüstungsbeschaffung! Wie die Kripo-Dienstwägen der Bezirke mit Funkgerät, Blaulicht und Folgetonhorn ausgerüstet wurden

Wie ich schon in meinem ersten Buch schrieb, war die Ausrüstung in den 1970er- bis 1980er-Jahren eher dürftig, weshalb ich manchmal zu informellen und unkonventionellen Methoden griff, um die Arbeit der Kriminalpolizei effizienter gestalten zu können.

Über das „Ausleihen“ von Metallsuchgeräten und Infrarotsichtgeräten vom Bundesheer und von Lkw für Observierungen bei einem Autoverleih, habe ich schon in meinem ersten Buch berichtet. Was heute selbstverständlich ist – die beste Ausrüstung an Fahrzeugen, Kommunikationsmitteln, Bewaffnung etc. für jene Frauen und Männer, die Tag und Nacht ihren Kopf, ihre Gesundheit und ihr Leben für die Bevölkerung riskieren und leider manchmal auch opfern müssen – war damals keineswegs so.

Teilweise waren die finanziellen Mittel einfach nicht vorhanden – teilweise lag es aber wohl manchmal auch an Verständnislosigkeit und mangelnder Weitsicht vorgesetzter Dienststellen.

Und so waren beispielsweise zu meiner Zeit als Leitender Kriminalbeamter in Penzing zwar doch einige Handfunkgeräte (damals technisch noch nicht so ausgereift wie heute) für die Kriminalabteilung Penzing zur Verfügung!

Das Problem dabei war jedoch, dass in Penzing ein nicht unbeträchtlicher Teil des Wienerwalds liegt und die Reichweite der kleinen „Handgurken" dort infolge der Geländebeschaffenheiten leider nicht überall gegeben war. Mangelnde Kommunikation zwischen Sicherheitskräften z. B. bei einer Fahndung ist aber für einen Erfolg nicht unbedingt förderlich.

Und so war es vor allem bei Fahndungen nach Tätern, aber auch bei sonstigen Einsätzen zu Einbrechern, Räubern, etc. und nach flüchtigen Fahrzeugen oft der Fall, dass an exponierten Örtlichkeiten im Bezirk in den oben angeführten Bereichen sogenannte „Funkschatten" herrschten, in denen eine Funkverbindung mit der Funkstelle und anderen Funkmitteln, die an den betreffenden Amtshandlungen beteiligt waren, mit den Handfunkgeräten einfach technisch nicht einwandfrei funktionierte.

Man kann sich leicht vorstellen, was dies für eine konzertierte Zusammenarbeit verschiedener Kräfte bei Einsätzen bedeuten konnte. Da dieser Zustand für die polizeiliche Arbeit für mich unzweckmäßig schien, schlug ich daher vorerst brav den offiziellen Dienstweg ein und schrieb einen seitenlangen begründeten Antrag an meine vorgesetzte Dienststelle – das damalige Kriminalbeamteninspektorat in der Polizeidirektion – in welchem ich den Einbau eines (funk- und reichweitenstärkeren!) Fahrzeugfunkgeräts in unseren Dienstwagen beantragte.

Natürlich begründete ich den Antrag ausführlich, indem ich auf die oben beschriebenen Umstände und die damit verbundenen Kommunikationsprobleme und Schwierigkeiten bei Einsätzen hinwies.

Da hatte ich aber ganz offensichtlich die „Rechnung ohne den Wirt“ gemacht. Nach einigen Wochen bekam ich Antwort vom Kriminalbeamteninspektorat, in welcher mein Antrag glattwegs abgelehnt wurde.

Dem Schreiben beigefügt war eine Stellungnahme des damaligen Leiters der für Funkgeräte zuständigen Fernmeldeabteilung, in welchem meine Begründung für den Einbau eines solchen leistungsstarken Funkgeräts in unseren Dienstwagen aus verschiedenen bis ins Detail angeführten technischen Gründen, welche von Fachausdrücken nur so strotzten, „zerpflückt“ wurde.

Mehr oder weniger deutlich wurde am Ende dieses mehrseitigen Schreibens angeführt, dass ich wohl zu wenig Kenntnisse über die technischen Eigenheiten des Funkverkehrs und der dafür verwendeten Geräte besäße, obwohl ich in meiner Offiziersausbildung doch wohl darüber auch Unterricht gehabt hätte und eigentlich darüber Bescheid wissen sollte! Quasi: Ich kenne mich nicht aus! Eine profitable schriftliche „Watschn“ für mich sozusagen – und für die Praxis!

Mein mehrseitiges Antwortschreiben darauf, dass trotz der zahlreichen technischen Ausdrücke des Herrn Oberst der Fernmeldeabteilung unsere tragbaren Funkgeräte in den exponierten Gegenden des 14. Bezirks keine geeignete, stets funktionierende Verbindung hätten, blieb gleich unbeantwortet.

Um diese Zeit herum etwa – ein paar Wochen früher oder später – stellte ich an das Kriminalbeamteninspektorat auch einen anderen Antrag:

Weil auch immer wieder Kriminalbeamte mit dem bezirkseigenen Dienstwagen zu Einsätzen, bei denen Dringlichkeit geboten war, beordert wurden, das Fahrzeug aber auch nicht mit aufsetzbarem Blaulicht und eingebautem Folgetonhorn für Einsatzfahrten ausgerüstet war, beantragte ich auch dies mit ausführlicher Begründung. Schließlich gab es eine solche Ausrüstung bereits in einigen „zentralen" Dienststellen.

Vor allem fuhren die Kollegen, wenn sie zu einem Einsatz beordert waren oder an Fahndungen teilnahmen, bis dahin immer auf eigenes Risiko: Das Dienstfahrzeug galt damals gesetzlich mangels der oben erwähnten Einrichtungen nicht als Einsatzfahrzeug und so ging jede auch noch so geringe Überschreitung der Höchstgeschwindigkeit und sonstige Übertretungen der StVO einzig zulasten des jeweiligen Kollegen, der das Fahrzeug lenkte. Den § 26a StVO – Fahrzeuge im öffentlichen Dienst – mit Ausnahmen von der StVO für solche Fahrzeuge – gab es damals noch nicht!

Andere Fahrzeuglenker konnten auch nicht erkennen, dass es sich um ein Polizeifahrzeug im Einsatz handelte, und wichen dadurch dem Dienstwagen auch nicht aus, sodass es oft auch zeitliche Verzögerungen bei Einsätzen gab. Auch dieser Antrag wurde vom Kriminalbeamteninspektorat kalt abgeschmettert!

Eine der Begründungen der Ablehnung lautete sinngemäß: „Wenn die Kriminalbeamten dann erst einmal Blaulicht und Folgetonhorn am Dienstwagen haben, werden sie *wie die Wilden* fahren und immer Unfälle verursachen!"

Absurd! Aber meine Hartnäckigkeit in Verfolgung von Zielen war schon damals „legendär“! Und so nutze ich halt meine „internen Netzwerke“, um den Dienst praxisorientierter gestalten zu können.

Ich hatte damals schon einen ziemlich guten persönlichen Ruf aufgrund der Erfolge, die ich mit meinen Kriminalbeamten fast jede Woche in der Kriminalitätsbekämpfung erzielte – natürlich auch manche Neider, aber das ist wohl überall so, wenn man Erfolg hat – auch in der Privatwirtschaft.

Einer meiner „Fans“ war der seinerzeitige Kommandant der Kraftfahrabteilung, mit dem ich schon öfters in losem Kontakt und Gesprächen gewesen war und der meiner Abteilung und mir ob der wöchentlichen – ja fast täglichen – Erfolge in der Kriminalitätsbekämpfung größte Wertschätzung entgegenbrachte und dies öfters auch verbal und anerkennend zum Ausdruck brachte.

Es gab tatsächlich damals eine eigene Kraftfahrabteilung in der ehemaligen Bundespolizeidirektion Wien (damals – das war vor den „Polizeireformen“). Diese Abteilung war für den gesamten Fuhrpark, für die Reparaturen und Services der damals noch „polizeieigenen“ Dienstfahrzeuge, für deren Garagierung und den Einbau diverser Ausrüstungsgegenstände, wie Funkgeräte, Blaulicht, Folgetonhorn und anderes zuständig. Anmerkung: Heute werden die diversen Polizeifahrzeuge von privaten Kfz-Firmen geleast, dort auch serviciert und repariert und nach einiger Zeit – so wie im privaten Bereich – wieder gegen neue ausgetauscht.

Als ich eines Tages wegen einer anderen Angelegenheit mit diesem Kommandanten telefonierte und wir auch über „dieses und jenes“ sprachen, kamen wir auch auf das Thema „Blaulicht und Folgetonhorn“ im Kripodienstwagen des Kommissariats Penzing und auf deren Vorteile für den Einsatz zu sprechen.

Ich erzählte ihm auch von meinem diesbezüglichen Antrag und dessen Ablehnung samt „fadenscheiniger „Begründung der Ablehnung.

Da fragte er mich: „Na, willst du wirklich Blaulicht und Folgetonhorn in eurem Dienstwagen haben?“ Als ich dies nochmals bejahte, sagte er zu mir: „Schick mir an einem der nächsten Werktage einen deiner Leute mit dem Dienstwagen zu uns in die Werkstätte.“

Gesagt getan! Ich schickte an einem Tag einen Kriminalbeamten mit dem Dienstwagen in die Werkstätte der Kraftfahrabteilung. Nach einiger Zeit kam er wieder zurück! Folgetonhorn und ein am Autodach aufsetzbares mobiles Blaulicht (die sogenannte „Kojakleuchte“) waren eingebaut!

Als ich mich telefonisch beim Herrn Oberst der Kraftfahrabteilung dafür bedankte, erwähnte ich unter anderem auch im Gespräch das fehlende einzubauende Funkgerät im Dienstwagen und erzählte ihm von der Ablehnung meines diesbezüglichen Antrags. Kaum zu glauben: Aber er sagte neuerlich zu mir, ich solle an einem der nächsten Werktage einen meiner Mitarbeiter mit dem Dienstwagen zu ihm schicken, was ich auch tat.

Nach einiger Zeit kam er wieder zurück – das Funkgerät war fix im Fahrzeug eingebaut! Na, „informell" ging es ja doch!

Wie sich kurz darauf herausstellte, war ab diesem Zeitpunkt der Funkverkehr mit dem eingebauten Funkgerät auch in den entlegensten Gegenden des Bezirks hervorragend und störungsfrei – wie ich ja von Anfang an gesagt und geschrieben hatte!

Die Kriminalabteilung Penzing hatte also als erste Bezirksabteilung Wiens im Dienstwagen der Kripo sowohl Blaulicht wie auch Folgetonhorn und ein eingebautes Funkgerät – eine Errungenschaft damals – wie man sie sich bei der heutigen umfassenden technischen Ausstattung der Dienstfahrzeuge gar nicht mehr als nicht selbstverständlich vorstellen könnte!

Andere Dienstfahrzeuge von Zentralstellen wie das Sicherheitsbüro und die Staatspolizei hatten jedoch schon einige Zeit vorher diese (dienstlich natürlich notwendigen) Einrichtungen eingebaut. Wie aber kamen nun die übrigen Bezirks-Dienstwägen der anderen (vor allem benachbarten Bezirkskriminalabteilungen) ebenfalls zu eingebautem Blaulicht und Folgetonhorn?

Einige Zeit, nachdem wir unseren Dienstwagen derart ausgerüstet hatten, rief mich eines Tages der Leitende Kriminalbeamte eines Nachbarbezirks an und sagte zu mir:

„Du! Ich habe gehört, du hast in eurem Dienstwagen angeblich Blaulicht und Folgetonhorn eingebaut bekommen! Wie hast du denn DAS gemacht, ich habe schon einige Male darum angesucht, aber das wurde immer wieder vom KI. abgelehnt!“

Ich fragte ihn: „Willst du vielleicht euren Dienstwagen auch so ausgerüstet haben?“, was er natürlich bejahte.

Daraufhin rief ich den Kollegen von der Kraftfahrabteilung wieder an, teilte ihm den Wunsch des Kollegen vom Nachbarbezirk mit, worauf er sagte, dieser möge ihn anrufen und ebenfalls einen Einbautermin vereinbaren. Einige Tage darauf schickte der Leitende Krb. vom Nachbarbezirk einen Kollegen mit dem Dienstwagen in die Kraftfahrabteilung und dieser kam mit eingebautem Blaulicht und Folgetonhorn zurück.

Glaublich 2-3 weitere Wochen vergingen, da rief mich der Leitende Kriminalbeamte des nächsten Nachbarbezirks von der anderen Bezirksseite an und fragte mich ebenfalls, wie ich zu Blaulicht und Folgetonhorn für unseren Dienstwagen gekommen sei. Auch diesen Kollegen vermittelte ich zur Kraftfahrabteilung und einige Tage später hatte auch er die gleiche Ausrüstung.

Und so kam es, dass schließlich auch die Dienstbehörde von der Notwendigkeit dieser Ausrüstung überzeugt worden war und sukzessive alle Dienstwägen der übrigen Kriminalabteilungen mit diesen längst überfällig gewesenen Einbauten ausrüsten ließ! Nicht zum Eigennutzen – sondern zur effizienten praktischen Dienstverrichtung!

Weshalb ich einmal durch einen vorgesetzten Kollegen als „Arschloch“ bezeichnet wurde!
(es war aber nicht wirklich böse gemeint)

Ein altes, aber wahres Sprichwort sagt: „Nur wer arbeitet, kann Fehler machen! – Wer nicht arbeitet, macht auch keine Fehler!“

Nun: In der Kriminalabteilung Penzing wurde täglich fleißig und erfolgreich gearbeitet, wie sie den Geschichten meines ersten und zweiten Buches entnehmen können! Und so ereignete sich auch folgender Vorfall:

Meine Kriminalbeamten hatten eine erfolgreiche Amtshandlung im Falle einiger Raubüberfälle durchgeführt. Im Zuge dieser Amtshandlung waren mehrere Tatverdächtige ausgeforscht und festgenommen worden. Während der Festnahme eines Verdächtigen wurden diesem, da er sich schon bei der Festnahme etwas aggressiv verhielt – zur Vermeidung von Fluchtversuchen und Widerstandes gegen die Kriminalbeamten, Handschellen angelegt, und zwar an den Handgelenken vorne.

Einer meiner jungen Mitarbeiter hatte zusammen mit anderen Kollegen diese Amtshandlung durchgeführt und hatte für einen kurzen Moment seine Aufmerksamkeit von dem mit Handschellen geschlossenen Verdächtigen abgewandt, da er zusammen mit einem Kollegen kurz über die Amtshandlung sprach, während der Verdächtige im Nebenraum wartete.

Wie genau es gelang, war später nicht mehr zu eruieren

– aber plötzlich war der Festgenommene samt Handschellen verschwunden (ein paar Tage später konnte er von uns jedoch wieder ausgeforscht und neuerlich festgenommen werden)! Peinliche Angelegenheit – aber wie schon oben erwähnt: Wer arbeitet, kann auch Fehler machen!

Der betroffene junge Beamte, dem das selbst mehr als peinlich war, wurde von mir diesbezüglich „abgemahnt“ und da er sonst wirklich ein hervorragender Beamter war, beließ ich es dabei.

Etwa zwei bis drei Wochen nach dem Vorfall rief mich ein damaliger vorgesetzter Leitender Kriminalbeamter des Kriminalbeamteninspektorats an und sagte – diesen Vorfall ansprechend – sinngemäß zu mir, ich solle doch gegen den Beamten eine Disziplinaranzeige wegen dieses Vorfalls erstatten.

Ich antwortete ihm, dass ich die kleine Unachtsamkeit des Kollegen schon „intern“ bearbeitet hatte, da ich ihn schon ermahnt hätte und damit die Angelegenheit für mich erledigt wäre. Daraufhin sagte der Kollege des KI zu mir: „Ja, ja – ist schon okay! Ich habe ohnehin schon gehört, dass du immer vor und hinter deinen Mitarbeitern stehst.“

Ich antwortete ihm darauf: „Ja, das ist richtig! Aber das ist unter anderem auch die Aufgabe eines guten Vorgesetzten!“

Der Kollege des KI – wohlbekannt für seinen herzlichen, aber oft rauen Ton – antwortete darauf nur mit dem

Wort: „Arschloch!“ und beendete das Gespräch durch abruptes Auflegen des Hörers.

Für den Vorwurf der Kollegialität für meine Mitarbeiter und meinen erfolgreichen Führungsstil ließ ich mich damals gerne als „Arschloch“ bezeichnen!

Die Einsatzfreudigkeit und Motivation meiner Mitarbeiter, wie auch der daraus resultierende Erfolg, gaben mir recht!

Wie ich in einem Disput zwischen dem stellvertretenden Stadthauptmann und mir letztendlich argumentativ doch recht behielt

Zu jenen Zeiten war – wie ich schon berichtete – die Polizei materiell bei Weitem nicht so gut ausgerüstet wie heute. Die Kriminalabteilung Penzing hatte, wie auch jene der anderen Kommissariate, einen zivilen Dienstwagen, mit dem zu Tatorten oder Streifungen ausgefahren wurde. Dieser Dienstwagen war natürlich nicht mit einem BP-Kennzeichen, sondern mit einem zivilen „Deckkennzeichen" versehen und hatte auch weder die Aufschrift Polizei oder sonstige Merkmale als Polizeifahrzeug – so wie es auch heute selbstverständlich ist.

Aus Gründen der Effizienz des verzögerungsfreien Ausfahrens bei Einsätzen und mangels geeigneter im Bedarfsfall rasch erreichbarer öffentlicher Parkmöglichkeiten in nächster Nähe zum Kommissariat, wurde dieser Dienstwagen, wenn er nicht gerade unterwegs war, auf der Straße vor dem Amtsgebäude – im sogenannten „Polizei-Halteverbot" (ausgenommen Fahrzeuge der Bundespolizei – das ja der Kripo-Dienstwagen auch war) abgestellt.

Unser Stadthauptmann (der Leiter des Kommissariats) befand sich eines Tages für einen Zeitraum von zwei Wochen auf Urlaub und wurde in dieser Zeit durch seinen Stellvertreter vertreten.

Am Montag nach dessen Urlaubsbeginn kam ich zum Dienstantritt in meine Abteilung, als der Gruppenführer der Journaldienstgruppe zu mir kam und sagte: „Chef, haben Sie schon gehört, was der stellvertretende Stadthauptmann angeordnet hat?“ Da ich dies verneinte, erzählte er mir, dass von diesem die Anordnung an die Kriminalbeamten erging, ab sofort den Dienstwagen der Kripo nicht mehr im Polizei-Halteverbot vor dem Kommissariat abzustellen.

Als Grund hatte der Stadthauptmann-Stellvertreter angeführt, dass sonst die im Bezirk aufhältigen Kriminellen, wenn sie den Dienstwagen (wie erwähnt nicht mit BP-Kennzeichen, sondern mit einem „Deckkennzeichen versehen) dort abgestellt sehen würden, jenen aus diesem Grund sofort als Dienstfahrzeug der Kriminalbeamten „identifizieren“ würden und die Kriminalbeamten daher sofort „verraten“ wären, wenn sie zu einer Amtshandlung etc. mit dem Dienstfahrzeug fahren würden.

„So eine Unlogik!“, sagte ich und begab mich sofort zum stellvertretenden Stadthauptmann, um mit ihm die Sache zu besprechen. Ich argumentierte, dass unser Dienstwagen wohl im Laufe der Zeit ohnehin jedem „Pülcher“ im Bezirk bekannt sei und es daher aus Effizienzgründen keinen wirklichen Grund dafür gäbe, den Wagen nicht im „Polizei-Halteverbot“ abzustellen. Außerdem würden notwendige sofortige Ausfahrten unnötig verzögert, wenn die Kriminalbeamten den Dienstwagen erst in der Umgebung „suchen“ müssten.

Der Jurist, mit dem ich damals schon länger „per Du“ war, wollte sich von seinem Vorhaben und seiner Anordnung durch meine logischen Argumente partout nicht abbringen lassen und beharrte darauf, dass seine diesbezügliche Anordnung ab sofort zu befolgen wäre.

„Gut“, sagte ich, „ich nehme die Anordnung natürlich zur Kenntnis! Aber bitte nimm auch du zur Kenntnis, dass ich mich bei der Rückkehr unseres Stadthauptmanns bei ihm darüber beschweren werde, da ich diesen Vorgang für völlig verfehlt und unlogisch halte!“ Ab diesem Zeitpunkt wurde der Kripo-Dienstwagen irgendwo anders abgestellt – wo halt gerade Platz war. Die Ausfahrten verzögerten sich daher stets um einige Zeit.

Nach zwei Wochen war der Herr Hofrat wieder vom Urlaub zurück. Mein erster Weg am Morgen seines Dienstantritts führte mich zu ihm und ich beschwerte mich über die Anordnung seines Stellvertreters unter Argumentierung meiner Gründe.

Noch in derselben Stunde wurde die Anordnung widerrufen und der Dienstwagen stand wieder dort, wo er jahrelang zuvor schon gestanden war – im „Polizei-Halteverbot“ vor dem Kommissariat. Meiner Freundschaft mit dem damaligen stellvertretenden Stadthauptmann hat diese kleine Episode keinerlei Abbruch getan – wir blieben noch bis zu seinem Tod in Freundschaft verbunden!

Menschlichkeit schon damals – auch gegenüber einem Straftäter

Einmal hatten wir einen Mann, der in Penzing unangemeldet bei seiner Freundin wohnte und wegen mehrerer kleiner Delikte bereits vom Gericht verurteilt und mittels Haftbefehls zwecks Antritt seiner Gefängnisstrafe gesucht worden, aber nirgends polizeilich gemeldet war, ausgeforscht und nach kurzer Observation an der Adresse seiner Freundin festgenommen. Der Mann wurde ordnungsgemäß der Strafanstalt überstellt, in der er seine mehrmonatige Freiheitsstrafe absitzen sollte.

Einige Wochen später erhielt ich einen Brief dieses Häftlings, der an mich namentlich persönlich – Kommissariat Penzing–Kriminalabteilung – adressiert war. In dem Schreiben teilte mir der Mann mit, dass er wohl einsehe, dass er für seine begangenen Taten seine Gefängnisstrafe verbüßen müsse. Jedoch habe er nun einen Brief seiner Freundin erhalten, in dem sie ihm mitteilte, dass sie inzwischen einen anderen Mann kennengelernt habe und dieser nun in ihre Wohnung einziehen werde.

Die persönlichen Gegenstände ihres Ex-Freundes – des nunmehrigen Häftlings – werde sie aus der Wohnung entfernen und wahrscheinlich entsorgen.

Ganz verzweifelt bat mich der Mann, ob ich ihm nicht helfen könne und seine paar persönlichen Sachen, die sich noch in der Wohnung seiner Ex-Freundin befanden „sicherstellen" und zu einem Verwandten (den er mir benannte) bringen könne.

Es war keineswegs Aufgabe der Polizei, einem solchen Ansinnen nachzukommen und ich weiß nicht, ob je vorher oder nachher einer solchen Bitte entsprochen wurde.

Jedenfalls war der Häftling trotz seiner begangenen Eigentumsdelikte auch ein Mensch und seine Verzweiflung war aus den geschriebenen Worten förmlich herauszulesen: Es war sein gesamtes Hab und Gut, samt persönlichen Dokumenten, die ohne meine Hilfe irgendwo im „Nirwana“ verschwunden gewesen wären.

Und so fuhr ich mit einem Kollegen zur Wohnung der Ex-Freundin, zeigte ihr den Brief des Häftlings und bekam alle seine Dokumente und Habseligkeiten ausgefolgt.

Diese brachte ich zum von dem Mann benannten Verwandten, der die Dinge bereitwillig entgegennahm, um sie bis zur Haftentlassung des Bittstellers, die in ein paar Monaten zu erwarten war, zu verwahren.

Als ich dem Mann im „Häfen“ dies mitteilte, weinte er fast vor Dankbarkeit und ich hatte – ohne es eigentlich zu müssen – eine menschliche Tat vollbracht! Wie heißt es so schön im Artikel 1 der Allgemeinen Erklärung der Menschenrechte: „Alle Menschen sind frei und gleich an Würde und Rechten geboren.“

Zwei Autoeinbrecher – auf frischer Tat bei einer Bezirksstreife erwischt

Und wieder einmal war ich mit einem Kollegen anlässlich einer Bezirksstreife in Penzing unterwegs. Wir gingen Fußstreife in der Hütteldorferstraße, als ich gegen 02.30 Uhr einen abgestellten Pkw am Straßenrand bemerkte, in dem zwei männliche Personen auf den vorderen Sitzen saßen und im Fahrzeug hantierten. Ich gab dem auf der gegenüberliegenden Straßenseite gehenden Kollegen ein Zeichen, zu mir zu kommen, und gemeinsam begaben wir uns auf „leisen Sohlen“ zu dem Pkw – der Kollege auf der Fahrerseite und ich auf der Beifahrerseite.

Nachdem wir uns als Kriminalbeamte ausgewiesen hatten, forderten wir von den beiden männlichen Insassen Führerschein und Zulassungsschein bzw. Ausweise, die beide nicht vorwiesen oder vorweisen konnten. Gleichzeitig nahm ich wahr, dass das Autoradio am Armaturenbrett schon ausgebaut war, nur mehr an den Drähten hing, und sah einen Schraubenzieher auf der Rückbank, den offenbar einer der Männer nach hinten geworfen hatte, als wir zum Fahrzeug traten. Ganz offensichtlich hatten wir hier Autoeinbrecher auf frischer Tat betreten!

Ich erklärte die beiden Personen daher für festgenommen und forderte sie zum Aussteigen auf. Während der Mann, der auf der Fahrerseite gesessen hatte, problemlos ausstieg und vom Kollegen nach der Festnahme mittels Handschellen versehen worden war, machte der vom Beifahrersitz aussteigende Probleme. Er versuchte sofort zu flüchten und wurde von mir am Arm festgehalten. Als er versuchte, sich loszureißen, wollte ich an ihm die Armwinkelsperre anwenden, was jedoch nur unzureichend gelang, da infolge der Enge des zur Verfügung stehenden Platzes (daneben befand sich eine Grünfläche mit Bäumen) meine Bewegungsfreiheit eingeschränkt war.

Der Mann versuchte, nach meiner Dienstwaffe zu greifen, die im Gürtelhalfter sichtbar war, da meine Jacke in Folge der Rangelei etwas verrutscht war. Durch Körperkraft konnte ich dies verhindern und brachte schließlich den Mann durch einen Beinwurf zu Boden, wo ich ihn fixieren und die Handschellen anlegen konnte.

Durch die Besatzung eines per Funk zur Unterstützung angeforderten Funkwagens wurden beide Männer zum Kommissariat gebracht, wohin wir uns ebenfalls begaben und mit den Vernehmungen begannen.

Im Zuge der Einvernahmen gaben die beiden zu, den betreffenden Pkw gewaltsam aufgebrochen und versucht zu haben, das Autoradio auszubauen und zu stehlen. Bei den anschließenden Hausdurchsuchungen konnten noch zahlreiche Autoradios und sonstige Gegenstände sichergestellt werden, die noch weiteren 9 Diebstählen aus Kfz zugeordnet werden konnten. Die beiden Männer legten daraufhin umfassende Geständnisse über die von ihnen in Penzing und Rudolfsheim-Fünfhaus in den vergangenen Wochen verübten Kfz-Einbrüche ab.

Schlusswort

Am Ende meines zweiten Buches über erlebte Polizeigeschichten und Anekdoten möchte ich nochmals ausdrücklich DANKE sagen!

Danke vor allen den damaligen hervorragenden und hoch motivierten Mitarbeitern aus den Bereichen der Kriminalbeamten und Sicherheitswachebeamten, ohne deren mit Elan, Eifer und Begeisterung erfolgte Mitarbeit diese Erfolge nicht alle in dem hier geschilderten Ausmaß möglich gewesen wären!

Mein Dank gilt aber in gleichem Maß auch allen anderen Mitarbeitern des Kommissariats, aus dem Rechtsbereich und der Verwaltung, die uns nach besten Kräften in unserer Arbeit unterstützten.

Ein ganz besonderes Merkmal unterschied unser Kommissariat damals von manchen anderen Sicherheitsdienststellen in Wien – wir hatten die Devise, kameradschaftlich alle gemeinsam „an einem Strang zu ziehen“, wodurch die Arbeit aller Beteiligten sehr erleichtert wurde und sehr oft zum gemeinsamen Erfolg führte! Ohne Konkurrenzdenken oder Standesdünkel!

Danke daher nochmals allen beteiligten Kolleginnen und Kollegen für die Kameradschaft, Kollegialität und ihre enorme Motivation und Leistung!

Und nicht zuletzt und oft genug möchte ich allen Bürgerinnen und Bürgern, die aufmerksam durch unsere Stadt gehen und gingen und oft durch geeignete Hinweise ermöglich(t)en, dass viele Straftaten entdeckt und auch aufgeklärt werden konnten und können, herzlichst danken!

Seien Sie bitte auch weiterhin wachsam und scheuen Sie sich nicht, die Polizei zu verständigen, wenn Sie glauben, eine verdächtige Wahrnehmung gemacht zu haben!

Die Polizei (Notruf 133 oder 112) ist stets für Ihre Bürger im Dienste der Sicherheit bereit!

Die Polizei ist – auch heute noch genauso wie damals – abgesehen von der Einsatzbereitschaft ihrer Mitarbeiter und ihren vorhandenen Ressourcen und Ausrüstung – auf die Mit- und Zusammenarbeit sowie rechtzeitige Informationen der aufmerksamen Bürger dieser Stadt angewiesen!

Und haben Sie keine Angst dort anzurufen – auch wenn es sich um einen Irrtum in der Wahrnehmung handeln sollte!

Es passiert Ihnen nichts!

Besser, einmal zu oft angerufen zu haben und es stellt sich heraus, dass es sich um einen Irrtum handelte, als nicht angerufen zu haben und es fehlt an notwendiger polizeilicher Hilfe und jemand kommt zu Schaden!

Der Autor

Johann Veith, 1946 geb., Leitender Kriminalbeamter i.R. trat nach Pflichtschule und Bundesheer 1967 bei der Wiener Polizei ein und versah nach 2-jähriger Grundausbildung als uniformierter Beamter Dienst in einem Wiener Wachzimmer.

Nach 1-jähriger Ausbildung zum Kriminalbeamten versah er zwei Jahre Dienst als Kriminalbeamter in einem Wiener Polizeikommissariat und weitere vier Jahre im Wiener Sicherheitsbüro. Die Reifeprüfung holte er extern nach. 1976 bis 1978 absolvierte er die Offiziersausbildung und wurde Offizier. 1978 bis 1981 war er stv. Leiter der Kriminalabteilung Wien-Penzing, dann bis 1987 deren Leiter. 1987 gründete er mit einem „Aufstellungsstab" die österreichweite Terrorermittlungsgruppe EBT im Innenministerium und war bis zu seinem Ruhestand deren stellvertretender Leiter.

Im Alter von 66 Jahren schloss er an der Donau-Universität Krems ein Masterstudium mit Auszeichnung ab.

Sein Buch „Die Fragen stellen wir!" – Polizeigeschichten und Anekdoten, Verlagshaus Hernals, ist bereits in der zweiten Auflage erschienen.

Peter Steinbach
Erziehungsheim Eggenburg
Der Akt

€ 25,00
126 Seiten, gebunden, Fotos
978-3-903442-09-2

Peter Steinbach lebte von Februar 1970 bis Februar 1973 im Erziehungsheim Eggenburg. Von seiner Zeit im „E.E.“ erzählt Steinbach anhand seines originalen Heimaktes. Er berichtet von Entbehrungen, Konflikten und von Gewalt gegen Zöglinge und Erzieher. Und er schreibt von Freundschaften, vom Erwachsenwerden und von Erziehern, die ihm väterliche Freunde geworden sind. Er tut dies ebenso berührend wie schonungslos offen.

Steinbach absolvierte im Heim eine Bäckerlehre und wurde Polizist. Er versah seinen Dienst unter anderem bei der Sondereinheit WEGA und wurde Polizeihundeführer. Als leidenschaftlicher Musiker besuchte er das Musikkonservatorium. Der erfolgreiche Musikproduzent, Buchautor und Leadsänger der Band „Wiener Blue(s)“ lebt und wirkt in Wien. Persönlichkeiten des internationalen Musikbusiness wie Samantha Fox, Mick Taylor, Mick Box und Alvin Lee sind ihm freundschaftlich verbunden.

„Die präzise Innensicht eines ehemals „nicht erwünschten“ Jugendlichen, von der Gesellschaft als „schwer erziehbar“ abgestempelt, sollte Pflichtlektüre für angehende Pädagogen sein.“

Dr. Marion Wisinger, Historikerin

Maximilian Edelbacher
Aufgabe Kriminalitätsbekämpfung
Biografie & Kriminalfälle

€ 25,00
190 Seiten, Hardcover, Fotos
978-3-903442-22-1

Maximilian Edelbacher war mit Leidenschaft Kriminalist. Er war viele Jahre Vorstand des Wiener Sicherheitsbüros. In diese Zeit fielen die Morde im Krankenhaus Lainz und die Favoritner Mädchenmorde. Die Fälle lösten großes mediales Interesse aus, Edelbachers Arbeit war Angriffen aus der Politik und der Bevölkerung ausgesetzt. Unter seiner Leitung wurde auch der Fall des Serienmörders Jack Unterweger geklärt.

Er blickt auf seine kriminalistische Arbeit, auf seine Tätigkeit an zahlreichen nationalen und internationalen Universitäten und auf seine Zeit beim Chicago Police Department und dem FBI zurück. Im Film „Der Räuber“ spielte er die Rolle des Kommissars Seidl. Gelegentlich tritt er mit der Wiener Blue(s) Band auf.

„Die Aufklärung und Aufarbeitung der spektakulärsten Kriminalfälle der letzten Jahrzehnte in Wien lag in den Händen von Max Edelbacher. Es soll in dem nun vorliegenden Werk dieses interessante Kapitel unserer Geschichte der Öffentlichkeit bewahrt werden.“

Mag. Harald Seyrl, Kriminalmuseum Wien – Scharnstein

Johann Veith
Die Fragen stellen wir!
Polizeigeschichten und Anekdoten

€ 19,90
240 Seiten, Klappenbroschur
978-3-902975-80-5

Johann Veith erzählt Geschichten und Anekdoten von Gaunern, Dieben und Mördern. Er berichtet von der Wichtigkeit des „Zunds", der Notwendigkeit der Mithilfe der Bürger, von spektakulären Verhaftungen und der Tatsache, dass sich in seiner gesamten Dienstzeit nur ein einziges Mal die Notwendigkeit ergab, von der Schusswaffe Gebrauch machen zu müssen.
Sein kriminalistisches Gespür und seine Einsatzbereitschaft waren ihm dabei ebenso hilfreich wie seine Kampfkunst.
Gesammelt hat er die Anekdoten an Tatorten und in den Polizeidienststellen Wiens.

Veith beschließt bereits im Alter von fünf Jahren Polizist zu werden. Seine Karriere führt ihn vom Polizeiwachzimmer ins Kommissariat und über das Wiener Sicherheitsbüro ins Innenministerium. Das Gerücht, dass Veith mit dem Funkgerät zu Bett ginge, hält sich in Wiens Polizeikreisen bis zum heutigen Tag hartnäckig …

Das Buch ist bereits in der zweiten Auflage erschienen.